Éclipses japonaises

A Novel

ACRO
POLIS

Being 13

日人之蝕

艾力克・菲耶——著
陳太乙——譯

目次

序：寫給台灣讀者

您即將在這本書中讀到的，都是真的，很不幸地都是真的。身為作家，平時我總喜歡發揮各種想像，這一次卻完全不需要。頂多，為了敘事方便，我創造了幾個人物，但大都有真實依據。為了駕馭他們，我改變了他們的身份，賦予我想要的性格，但僅止於此。若說我稍稍「調整」了一下事實，在事件發生的時間上做了些微更動，目的亦只在於讓小說容易明瞭，並不影響基本初衷。這一切真真確確地存在過：二十世紀下半葉，發生在亞洲。

曾有很長一段時間，我在一家國際新聞社擔任記者，對東亞地區的新聞特別感興趣。西元二〇〇〇年初，幾則快訊的內容引發我好奇：有些日本人被拘禁在北韓將近二十五年，剛被允許回到他們的祖國。此外新聞中亦提及幾名美國逃兵，越過邊界到北韓，留在那個國家生活。其中一人，查爾斯・詹金斯，成了這本書的主角之一。一個「身不由己的主角」，跟書頁中許多人一樣。

我之所以想寫《日人之蝕》這本書，是因為在我看來，這些案件濃縮了整個二十世紀的悲劇：純粹主義與專制極權等意識形態、越戰（那名美國逃兵不惜代價，冒險越過軍事區都要逃避的戰爭）、國家主導的恐怖政治、冷戰，民主與極權兩種政體同時存在——如朝鮮半島的狀況，亦如中國與台灣。此外別忘記：當時緊繃的國際外交情勢，一直延續至今；而其源頭則是日本並未記取教訓，不曾檢討過去的軍事侵略與殖民政策。在這本書中，我對北韓雖諸多著墨，卻並非想讓人們就此以為這個政權獨佔了與法治國家背道而馳的某些作風：不久以前，在香港，幾名書店經營者與出版人失蹤了數月之久。這跟北韓可一點關係也沒有……

二十世紀悲劇的受害者通常都是單純的人們，而在這齣荒誕的悲劇中，我想追蹤的正是這些單純的人。《日人之蝕》這部小說講的是被歷史瘋狂浪濤捲走的單純人們。這部小說講的人們以為自己置身國際動盪之外，沒想到，有一天，就這麼走進了歷史。其中有些人未能回來；另一些人則成功脫出，而在我眼中，這部小說的重心落在他們身上：聚焦在那些能夠克服悲劇命運的人們。是他們深深吸引了我。我想研究的是，對這些簡單的人們而言，生活如何在悲劇之中繼續進行下去。這些人們如何成功地振作起來，在重重困難中感到幸福快樂。在描寫這些人的同時，我想到在廣島核爆之後，不畏輻射破壞，最早長出的花朵。這些「廢墟之花」（借用派屈克・蒙迪安諾〔Patrick Modiano〕小說的說法）教我們：即便在最糟的環境條件中，生命總會闢出一條出路。給我們，二十一世紀的讀者，那些花朵所傳遞的是這則希望的訊息。想著那些花，我寫下了這本書。

艾力克・菲耶

二〇二〇年三月

所以，為了活下去，我做了什麼？
我只放棄了一切希望。
我有孩子，我告訴自己：
「為他們而活！放棄妳回日本的夢想！」

——孔枝泳

你既已進入此地，放棄所有希望吧！

——但丁

第一部

展開一段敘事的方法有很多種。這個故事可以從一九六六年二月的某個夜晚開始說起，沿著南北韓「非軍事區」，就在分隔兩方戒備軍的幾公里範圍內。或者，一九七八年夏天的某個午後，日本某座島上。也可能在某個傍晚，在新潟的某條街上萌芽；又或者在一艘船上，為了躲開偵測，全速航行。那片海域，有人稱之為「日本海」，而另一群人則說「東海」。

這樣的故事就像尼羅河，起點不只一個，有無數個。而那所有的源頭，衍流出許多溪溝，一條接著一條，注入敘事的主幹——匯成大河。

且讓我們選其中一個源頭來說吧！一九七七年十二月中旬，夜色籠罩新潟市。田邊直子，十三歲國中女生，上完羽毛球課回家。她走的路線人煙罕至：她的雙親住在一個都是兩層樓房的住宅區。這附近沒有任何商家，幾乎沒有車流。這個時刻，白領階級還沒下班。直子手提運動袋，肩背書包，往前走。

如果，一九七七年十二月的這一天，羽球老師扭傷了腳踝或為了其他原因沒來上課，田邊直子就會提早一個小時回家。她會跟媽媽和好，前天晚上為了那點芝麻蒜皮的小事鬧出的不愉快就會過去。但是，在十三歲這個年紀，芝麻蒜皮的小事很快就膨脹到令人擔憂的程度。

直子運氣不好，羽球老師沒有扭傷腳踝，照常上了課。於是，晚上六點三十四分，直子經過一輛停在路邊的白色小客車，完全沒注意到車內有兩個人影。其中一人搖下車窗，叫住她，向她打聽一些資訊，在此同時，另一人像個忍者似的，一身暗裝，無聲無息地下了車。

幾個月後，另一道源流注入，跳出一個名字：節子。岡田節子三個星期後即將滿二十歲，準備從事護士工作。她剛和母親一起採買購物。在一九七八年八月這個午後，佐渡島上暑氣逼人。兩位女性決定先繞去賣冰的攤子，然後再繼續上路。

她們不該這麼做的。不該選在那個時候：那個時間沒有人外出，大馬路被烈日曬得發燙，只有蜥蜴經過。另外就是洋傘下的，她們母女兩人。她們離家只有五百公尺了。節子已經想好，到家之後一定要喝杯啤酒，她母親則盤算著晚餐要做些什麼料理。兩人現在正準備過橋渡河。突然冒出三個人，一把抓住她們。整個過程不過幾秒鐘。她們太過驚嚇，甚至沒想到要高聲呼救。那些人把她們按倒在地用布條封住嘴捆綁手腳分別丟進兩只大麻袋裡。

隔天，在往南幾百公里的地方，九州的最南邊，傍晚結束時分，有人通報一輛汽車被廢棄在一座沙灘附近。車門緊閉。副駕駛座上的女用手提包引發檢調人員的好奇，何況包包旁邊還有一台精美的相機。手提包裡有基本化妝用品、太陽眼鏡和身份證件。相機裡的底片沖洗出來後，顯示的是當天在附近拍攝的幾張照片。調查沒有任何眉目。然而，鹿兒島到水俣之間這段海岸，海面並不危險。檢方一度認為是一起殉情事件，然而兩名婚約者預訂近期內結婚。兩人的關係沒有半點烏雲罩頂。

幾天後，距離鳥取沙丘不遠處，一名年輕人和女朋友游完泳後躺在沙灘上休息。他們發現，在大約二十公尺外的地方，有兩名一點也不像泳客的人。這沒什麼大不了。然而，當這兩人朝他們走來，年輕男子只來得及暗自心想：「極道幫派分子。他們想對我們幹嘛？」便已被塞住嘴巴，被罩在身上的麻袋給蒙蔽了視線。年輕女子試圖反抗，呻吟哀嚎，鬧到其中一個傢伙對她用日文吼了一句，卻是古怪的禮貌形：「敬請保持安靜！」她也被制服了，化為靜默。不過，附近突然有一隻狗吠了起來。從麻袋裡面，年輕男子聽見幾個人呼喊的聲音。這些襲擊者在做什麼？胡亂推倒東西，拔腿就跑。接下來的好幾秒，他完全茫然不知發生了什麼事。忽然間，有人解開了捆綁麻袋的繩子。自由了！一對散步路過的夫婦剛替他們鬆綁。他們的狗仍在尖聲狂吠。遠方，一輛汽車的引擎聲逐漸消散。

隔年，沿著青森縣的海岸，考古學者林茂徒步前往小泊村裡。身為繩紋時代和土偶的專家，他正在一片挖掘區裡工作。他注意到，那天是個無風的日子。津輕海峽的海水出奇平靜。一輛汽車從後面超越他，停了下來。駕駛搖下車窗，向他問路；後車門咔啦一聲，一個男子走出車外。考古學者才剛解釋自己不是本地人，可能沒辦法回答，就被重重一記擊昏，失去意識。

現在，讓我們看看南韓停戰線上的一個觀測哨，那裡由美軍下士吉姆．賽科克及其手下入駐。他們所監視的可不是一個尋常的邊界。時隔兩千年，如今，羅馬帝國的長城再次與亞洲的陸地接壤。如果這道邊界能夠用聽診器來聽聽，診斷內容應該會顯示：在一九六五年到一九六六年那個嚴冬，這條防線的緊張程度十分輕微。造成這個局勢的原因是天寒地凍，來勢洶洶；但也因為，偶爾，歷史會鬆懈，睡意朦朧。然而，只需要一點星星之火，即可燎原，氣氛隨即擦槍走火。這燎原之火，即是挑釁，分歧爭端。一切過後，歷史又陷入冬眠，這道傷痕的兩側皆然。

一九六六年二月十七日的傍晚，吉姆．賽科克在營區的商店裡買了兩箱啤酒。回到宿舍房間後，他一罐接著一罐地猛喝。每喝下一罐，暈眩的感覺就更強烈了些。必須這麼做。你能辦到的。接近午夜時，有點醉，但絕對沒有太醉，他多套上一件厚毛衣，然後，朝他睡了一年的小房間看了最後一眼，關上門出去。

午夜，當他來到帕里胥上尉面前時，還標準地敬了個禮。巡邏隊出發上路。天凍得連石頭都能裂開。踩在厚厚的積雪上，這幾個男人順著一條理論上已清除過地雷的路線前進。他們在一座山脊停了下來，停留了很長一段時間，警戒狀態。大約凌晨三點左右，寒風吹起，大片大片的雪花紛飛落下。這時下士已完全酒醒，他向手下宣佈：他要去探查一條他們來的時候所走的小徑。他相信當時他聽到一聲雜響。我很快就回來，他說。

他再回來時，已是三十八年後。

一九六六年，賽科克下士從人間蒸發的那天，北方一百二十公里的地方，一個小女孩正在慶祝她的五歲生日。起立，世珍！生日快樂！

一九七七年，田邊直子上完羽毛球課回家，在路上被搭訕的那個晚上，世珍——這個名字的意思是世間的珍珠——芳齡十六。她在寒風中等公車回家。這名中學女生要向她爸媽宣佈：她又考了全班第一，每一科都是，而她學的兩種外語更得了特優：俄文和日文。

八月十五日，岡田節子和母親買了冰之後在鄉間道路上遭到攻擊的那一天，在世珍的國家裡，是個假日。芳齡十七，還沒有談過戀愛。她跟所屬青年團的分隊好幾天以來都在練習歌唱，她將在那個美麗的夏日午後，在山上，對那位從首都前來的領導獻唱：「我們好愛大領導所賜予的制服。」

蔡世珍正式進入這篇故事的那一天，二十二歲。那時她正在上課，卻被召到外語學院的系主任辦公室。究竟發生了什麼事呢？她到底可能犯下了什麼錯？接見她的不是只有系主任，他身邊還站了一個人：五十來歲，戴著眼鏡，笑容模擬兩可，像是行政區裡常見到的那種人。一開始，笑容模擬兩可，穿著灰外套的五十歲先生測試她對大領導作品的熟識程度，這對我們的女大生來說易如反掌。他搓搓雙手；這貨果然不假……練習就這麼進行了一會兒，然後，他便直接挑明來意。

「您的大學成績檔案在各方面都極為優秀。您的日文程度非常亮眼。您是否可以把我們大領導這本書上的這個段落翻譯出來？」

她遵命照辦。

「好極了……我們想給您一個提議。從今天開始，您是否能夠配合，將您的活力、您的諸多長處，貢獻給黨和您的國家？」

「當然！」

她不假思索，答案脫口而出。

「並且，萬一情勢需要，也願意為黨和妳的國家赴死？」

「那將是無比的榮幸……」

她可能給別的答案嗎？說完之後，加上悔意作祟，她想像自己搖頭說不的樣子。再接下去，她的神智不願預想那可能會招致什麼樣的事情。要是她剛才說不的話，可能會發生什麼事？對她，還有她的家庭，將會淪落到什麼地步？

「還有一個問題，蔡同志。您有男朋友嗎？」

「沒有已論及終身的關係，但是，有……」

幾個月前開始，她跟一個大學生交往，浩南，她微小生命中的太陽。目前，兩人尚未談到那麼遠，不過她心裡清楚，她願意跟他過一輩子。

戴眼鏡的男人露出為難的表情。

「在這種情形下，同志，您必須放下。忘掉他。」

世珍猶豫了零點幾秒，點了點頭。

*

世間的珍珠（一）

蔡世珍決定就這麼蹚縮在那裡，等到整個大使宅邸的人都睡著。她已經進到這裡了，這是最重要的關鍵。直到現在，她的任務順利，毫無問題。當她鑽進臥室的衣櫥時，她的亮光錶面顯示：剛過晚上十點半。而現在，只能殺時間的她必須維持一種不舒服的姿勢，小背包擠在腳邊，AK-47步槍抵在左腿上。

她先前特地在森林裡停了一下去小解，但現在又覺得膀胱脹了起來……她偵聽到別莊裡有了一點細微動靜，根據她腦中的建築藍圖，設想那雜響是從哪裡發出。腳步聲靠近時，她就在那裡，僵立在一大叢長禮服和長褲後面。她辨識出兩個人的聲音——一個女人用日語說話，男人則只應諾而已。她的心跳突然加速，努力深呼吸，緩緩吐納，像訓練時學到的那樣。她稍顯太早預估這個房間沒有人用，而且以為一直不會有人用，都怪自己疏忽。忽然間，衣櫥被打開了，光線滲射進來。好險，成排的長禮服形成了屏障。她縮進一個角落，不讓頭部從衣服上方露出來。女人的手絕不會有往她這裡探摸的危險，不會朝壁凹這裡來……女人一面拉下一根衣架，一面繼續說話。幾秒鐘後，她又把衣架掛回來，上面掛著她白天穿的裙裝。即使她說的是世珍完美駕馭的語言也沒用，沒有一個字在她的腦子裡發揮意義。然後，衣櫥的門又關上，她再度陷入黑暗之中。世珍練習控制呼吸，放鬆身體。呼吸順暢後，思考機能又恢復了。

這會兒，男人打起呼來。但是那女人呢？她也睡著了嗎？他們會不會很淺眠？她故意再多等了一陣子，然後才輕輕推開衣櫥的門，一手提著背包，另一手持著AK-47，以猴子般矯健的身手前進。狀況艱難，不過世珍運氣好：房間鋪有地毯。突然間，鼾聲停歇，男人翻了個身，她一動也不敢動，靜靜觀察熟睡的女子是否呼吸平穩。

世珍保持最高警戒機動性。趁著鼾聲再起，她悄悄扭開門把。到了走廊上，她讓眼睛適應了幽暗，發現底端有個監視器的亮光。瞥見一架監視攝影機，她趴下爬了幾步，以免進入攝影鏡頭的範圍，朝存放保險箱的書房匍匐前進。正當她抵達門口，打算溜進去時，走廊底端出現一個巡邏警衛，手裡拿著手電筒。她被光束照個正著，立刻舉槍瞄準，射殺了那個男人。無聲靜默使這場景宛若超現實：看不出明顯的原因，那傢伙頹然倒地，胸前濺染了一大片。世珍驚險逃過一劫。

走廊上的厚地毯吸收了屍體倒下的聲響。宅邸內部依然寂靜無聲。世珍進入書房，打開手電筒，找到保險箱。快……她從背包取出一副聽診器，把耳管架在耳朵上，鐘型聽頭靠在保險箱的門上。世珍經常重複這個練習，訓練精細的聽力。她順時針轉動滾輪，聽見鎖咔啦一聲時，鬆了一口氣。這是密碼的第一個數字。她重新開始同樣的步驟，全面安靜的環境幫了她大忙。

不到兩分鐘，她開啟了保險箱，找到裡面的文件，她必須把第一個句子背下來，還好那句話並不很長。

她重新關上保險箱，心中暗想：總算，一切都進行得很順利；就在此時，一輛車轟隆隆地開進庭院，在宅邸前方煞車停下，輪胎碾過碎石，發出尖銳的摩擦聲。她脫口咒罵了一聲。她怎麼會觸動警報系統的？在匆忙離開書房，回到走廊上時，她恍然大悟。怎麼會疏忽掉這個細節？……她本身並未犯錯，並且避開了所有攝影鏡頭，但她射殺的那個警衛卻是朝著其中一架的方向倒下，而他的屍體在某處引發警覺，某個監視站裡……

正當進入通往露台的房間時，她聽見樓下的大廳裡傳來聲響。一道道指令連番下達。不過她已經來到戶外。她順著一根廊柱滑下，抵達花園……稍向前幾步，她就能鑽入植物叢中，瘦小的蒙面黑影，只有眼睛露出來；如果沒有手電筒照到她，她就能神不知鬼不覺地通過……圍牆就在不到二十公尺的地方，慢慢往前的同時，她又重燃起希望。她確實聽到有幾個人的聲音，離她背後遠遠的，不過沒有任何跡象讓她覺得自己已被發現。

濃密的植物叢在圍牆前方十公尺左右到了盡頭。就在這個時候，她被陣陣低吼嚇了一跳……是一群狗！從小，狗就是她最害怕的東西。就算她能「滅掉」警衛，面對警犬，她覺得自己無能為力。她的AK-47沒辦法打死牠們……她越過一條大路，打開背包，拿出繩索和勾爪。獒犬群逐漸逼近。第二次嘗試時，勾爪牢牢扣住牆脊，於是她開始往上爬。儘管亂吠之聲四處響起也沒關係，現在，在牠們的尖牙咬不到的地方，她一點也不在乎了……正當她跨上牆頂時，露台上，粗聲吆喝、命令、驚歎、吼叫此起彼落，而且，近在耳邊，她聽見兩顆子彈的悶響。但她已在牆的另一面，跳下，盡快站起，盡速奔跑。運氣好，跑了大約一百公尺之後，前方就是她來時渡過的河，她知道可以在這裡甩掉警犬群。一到對岸，她又繼續奔跑，但速度慢了下來。她什麼也看不見，卻不敢點亮手電筒。

奔逃了十分鐘左右，她精疲力盡，終於停下，喘氣調息。她的周圍，密密麻麻的銀河星光下，繁茂的森林裡，只有遠古神秘的寂靜與黑暗。想必警衛們接到的命令是不要離宅邸太遠，所以已經放棄了。想必，到了這個階段，她的任務算是圓滿達成了……她小心躲入一片矮樹叢，打開手電筒，光束在忍者裝上四處游移。揭曉真相的時刻到了。沒有，朝她發射的漆彈並沒有造成擦不掉的噴濺漆痕……她放心地歎了一口氣。整段奔逃過程中，她只惦記著這件事。只要有一點點粉紅色的痕跡，她就全盤皆輸。有任何一點痕跡就表示他們傷了她——或者，殺了她？不過這個狀況並沒有發生。她毫髮無傷地回來了。要她此時在一座偽使館進行最後一關考驗的假想敵沒有任何藉口刷掉她。她走回山路。順著這條路走，天亮之前應該能抵達密探學校。她剛在那裡熬過了兩年培訓，家人卻什麼也不知道。到了那裡，她會唸出保險箱文件上讀到的句子，然後就贏得了勝利。世珍驅走那個令她心有餘悸的想法：只差一公尺，她恐怕就得垂頭喪氣，鎩羽而歸，衣服上處處標記粉紅彈痕。

由於她在其他科目都得到了特優的成績，她知道自己已經被錄取了。她以優異的成績通過了數學和日文考試，大領導生平及思想的問卷對她根本不構成問題。她盡了全力進行徒手搏鬥，射擊、投擲手榴彈和飛刀。所有科目都對她微笑，連駕駛也是，儘管她當下冷汗直流：握著一輛歐美車款的方向盤，她克服了種種障礙，例如泥地路線、在人造風雪或未乾的瀝青上蛇行。她懂得如何掌控連續髮夾彎，並達到所要求的速度。對，世珍簡直不認識自己了……彷彿另有他人在指揮她的身體似的。

正式錄取後，她拋棄了青春年少時期的世珍。所以，我那麼熟悉的那個感性的自己到哪裡去了哪？認不出平時的自己，在測驗過程中遙遙領先同學，如今的她有一種前所未有的空虛感，卻無法對任何人訴說。或許她在培訓展開時所宣讀的誓言產生了第一個效應：「我的人生不再是我的人生，我的人生屬於國家。」這些年來，每天結束前她都必須做的快走訓練（揹著裝有二十公斤石頭的背包在兩小時之內至少走十公里），是這句誓言淋漓盡致的呈現。每走一步，以前的人生便隨著汗水從她體內流失一些。每一次新展開一場跆拳道訓練，她都把以前的世珍打到倒地不起。

這兩年結束時，他們給了她一項獎賞，允許她回家度個週末。自從進入高等軍校之後，她就沒再見過家人。然而，她被軟禁的那個秘密地點其實離首都只有十五公里左右——乘坐卡車的話，也差不多只要十五分鐘。不過，被允許的交流方式只有通信：她父母和她妹妹順暉的來信，很神秘地，需要一個多星期才能寄到這幾里路外。換做世珍寫信回家時，她的信都會繞上一大圈。沒有任何郵戳會洩露她的藏身之處。她的母親想必以為她在遙遠的北方，中國和蘇聯邊境附近。

起初那段時間，當世珍想到自己離母親只有三個小時不到的腳程，便陷入一種被人剝奪了什麼的奇異失落感。然後，很快地，她便習慣了不再去多想。

在最近的那封信裡，她宣告了近期返家的消息。簡短幾行字，盡可能中性的語氣，卻也盡可能不是那麼冷淡，因為她不想讓家人覺得她對這次會面漠不關心。

那個星期六早晨，當她眺見平壤城最前幾排的樓房時，心中各種矛盾的想法糾纏，有些光明，有些陰暗。她約莫毀掉了自己兩年的青春。也許，對……兩年……噢！以後還會有那麼多年，說穿了有什麼重要？她是家人的驕傲。自從她開始唸書之後，蔡這個姓氏的地位不是就漸漸拉抬起來了嗎？但願蔡姓能攀到頂峰——甚至登上鑽石之山的最高峰？對！攀登攻頂那能光宗耀祖的金剛山！

接下來的一整天飛快如箭。大家頻頻發問，但她必須不斷編造、迴避答案。而她自己呢，她也想知道他們的一切，想知道這座城市和在離她三或四個鐘頭腳程之處持續運行著的生活的一切。用幾句話填滿七百三十幾天的空虛。她絕口不坦露先前在距離他們這麼近的地方度過了那整段日子。她只模糊地說在北方唸書。很遠，你們根本沒辦法想像！然後大家就明白了：不該再追根究底地問下去。

後來，她才突然感到心上被狠狠刺了一下，不過仍繼續靜靜地聽前來探望她的朋友們、叔叔伯伯們和表兄弟姐妹們說話。接著，晚餐彷彿永遠結束不了。她的母親準備「神仙爐」*，她幾乎買齊了這道料理所需的所有材料。

在以前跟順暉共享了很久一段時間的房間裡，當她終於能躺下時，卻絲毫沒有睡意。那是自從進入情報員培訓中心以來，第一次在家過夜。她多麼希望這會是幸福的一夜。儘管大家互訴思念，歡笑不斷，世珍認為周遭的人們與她有隔閡。如果有那麼一層透明薄膜將她跟親友們區隔開來，織就那張膜的是誰？是她，始終頂著她那副神秘的光環不肯卸下面紗？還是他們？她在妹妹旁邊的草蓆躺下，熄燈，妹妹始終沉默不語，而世珍什麼也不敢說。對她，難道連話也說不上了嗎？她記得，以前，燈火熄了之後，就是兩人的悄悄話時間。黑暗中，姊妹之間光天化日之下沒說的話，有一搭沒一搭地，宣洩了出來，直到接話的間隔拉長，其中一人不再回答為止。從很早開始，黑暗中的悄悄話為

* 原註：一種火鍋，可當一餐的主食，直接在餐桌上烹煮。

兩人鞏固起深厚的情感，結成生死之盟，一起面對父母，一起面對生活中的所有隱憂。世珍喜愛那些時刻勝過一切。

她聽見妹妹沉睡後和緩的呼吸，沒多久，下午那股刺痛的感覺又甦醒過來。閒聊之中，有兩個女性朋友提到了浩南的名字。世珍忍不住打聽他的消息。他已經結婚一年，剛生了個兒子。而現在，她躺在草蓆上，任由思緒滋長，覺得苦澀的毒箭刺穿了她的心臟，搗入最隱蔽之處，而那裡，五味雜陳翻攪，彷彿醞釀著一場場風暴。世珍大致知道她的情敵是誰——大學時那個醫學院的女生。她好後悔，那個來徵召她的灰衣男子針對浩南的事下達命令（他用的是父親給建議的口吻），說「您必須放下。忘掉他」，那時，她不該點頭同意的。噢，她多麼希望回到過去，抹除剛過完的那兩年！發現外面的世界並未為了等她再出現而停止運轉，實在很令人難受。這不算什麼，她心裡不斷重複；因為，時間分分秒秒地過去，她始終沒有睡意。這不算什麼，我會成為民族女英雄，而且，遲早，他會知道。以後，是我會變成浩南暗戀的對象。對，夜愈來愈深，這個念頭根深蒂固，她終於藉此撫平毒箭的傷痛。下意識地，而且不明所以地，她相信，浩南，會像古老傳說中的騎士那樣，耐心苦等，直到她想起他的存在，表明她還是自由之身……對，世珍要熱烈激昂地投入她的新生活！然後，等到完成任務回來，她將戴著榮耀和神秘的光環重新出現……她將效忠黨國，獲頒勳章，她的名字、照片，將出現在《勞動新聞》的頭版；而浩南，他會深受感動，深深後悔，細讀原本應該與他共享未來的那位女性的偉大功績……對！熱烈激昂地投入生活，沉浸在激昂的熱情中，那是唯一的出路，世珍如此說服自己。她想起很久以前，第一次感受到愛國情操那一天。當時她才剛滿七歲，看見大人們突然為了不尋常之事而激動，她也非常興奮。那是在勒令停船盤查事件期間[*]。學校都關閉了，孩子們全留在家中。大街小巷裡，擴音器播放著口

[*] 原註：美國艦艇普韋布洛號（USS Pueblo）在一九六八年一月二十三日受到盤查。北韓堅稱船隻闖入其海域。船上八十幾名組員被北韓政府監禁了十一個月之久。這艘船始終未被歸還。

號，在她耳中迴響，彷彿節慶歌曲。晚上，家家戶戶拉上窗簾，早早關燈。偶爾警笛大作，大家便必須急忙跑下樓，躲入建築物的地下室。對世珍來說，這一切像是一場遊戲。一天晚上，區民被疏散，不得不摸黑走入陰暗的街道，一直走到附近的山丘上。大人和小孩被分成兩列，世珍渾然不知空襲的危險，開心極了。那些日子有如一次漫長的下課，作息時段不再有效。她的背脊陣陣輕顫，如同在電視上看愛國影片一般；而從那時開始，這種感受就從來沒在現實世界出現過。

到了清晨，她再次失眠。順暉的呼吸始終規律平緩。黎明的微光照進房間，世珍模糊地辨識出房內幾個區塊。不知潛意識如何暗中作祟，透過各種聯想，灰衣男子改變她命運的那一天，又浮現在她眼前。那時她受到驚嚇，不敢置信，而且，儘管不安，被挑選相中的事實卻也令她頗為自豪。但父母的表現並不如她期盼的熱烈。驕傲與喜悅的面具其實只有薄薄一層，面具之下，她看見自己的身影所顯露的反而是悲傷。來自焦慮，應該是這樣；而且，儘管她興奮激昂，在面對他們的反應時，也不由得生出一股刺痛的失望感，彷彿他們配不上事件的高度似的。對，他們絲毫不掩飾難過之情，陷入愁雲慘霧之中。

起床時，世珍沒能壓抑再一次的揪心之痛。再過幾個小時，會有一輛車在房子前停下，有人會來敲門。她什麼時候才能再見到家人？他們准她一個週末的假，只是為了讓她跟幸福快樂的青春告別。從明天起，她將何處為家？她的第一項任務會是什麼？

分離的時刻到了，她的父母不敢問她去向。再說，她又能給什麼樣的回答呢？與其如此，他們倒是成功地裝出了一點喜悅的感覺。她的父親，堆出笑容，對她所說的臨別之語是：「孩子並不屬於父母，而是屬於國家。」他們在她的背包裡塞了一些食物，好像她下個週末就會再回來似的。下個週末……跟他們揮別時，她也是，強迫自己微笑。車子發動，駛入大街。親人們的身影迅速變小，直到小得不能再小。然後，車轉彎了，沿著一座公園行駛。小時候，她常到這裡來玩。車行也經過蘇聯使館和中央車站，逐漸遠離敬臨洞（Kyongrim-dong），她在這個區域生活了一輩子，一輩子減兩年。

*

世間的珍珠（二）

她恢復意識醒來時，房內充斥強烈的亮光。她不敢隨便張開眼睛。眼皮還很沉重，而且她覺得好虛弱，好虛弱……她沒辦法好好組織思緒。思緒接連而來，彷彿電子一般躁動，前後沒有關聯。光是想到她人還在，還活在某個地方，她便驚愕不已，難過失落。我！這怎麼可能……突然，心中某道防線潰堤，羞愧和哀傷的感覺全面襲來。什麼，就連自己的死，她都失手了？！她陷在昏沉遲鈍的狀態中，聽辨出幾個人說話的聲音。兩個女人，就在這房間裡。她們說著一種類似德文的語言，另外有一個男人則說著一種奇怪的英文，感覺像是從一張亞洲人的嘴中嚼吐出來的。她費勁想把這些人聲與發生在自己身上的事連結起來，卻找不到事件的頭緒。

直到說話聲全部歇止，她確定自己一人獨處，才終於撐開眼皮：瞥見各種插管和點滴袋，她明白了自己在哪裡。如果她什麼也不做，恐怕會被他們救活。某些人會認為她背叛了國家，因為她拒絕赴死。

但是她連動動指頭的力氣都沒有。世珍，她默默地想。這個韓文名字彷彿泥塘裡的一顆氣泡，從她內心最深處緩緩升起。幸好，她的另一個名字，為了這個任務特別為她取的那個名字，她並沒有忘記。在他們面前，她只能叫做咲，岩谷咲。

接著，她又失去了意識。等到再度甦醒時，房間幾乎一片幽暗。她完全不曉得時間過了多久。現在是那一天晚上的幾點？漸漸地，她感到自己一點一點地脫離痲醉狀態。天花板夜燈灑下的半透明亮光中，物品顯露形狀。插在她鼻孔中的管子，各種儀器。遠處有人聲。她一人獨處。

世珍沒辦法挪動手臂。不是因為沒力氣，她的身體已經好些了，而是被什麼東西拉住了。她看不到。她換一隻手臂試試，沒有用：她被困在陷阱裡。他們把她綁在痛苦與昏沉的床上。

關於不久前的種種影像紛亂呈現，毫無秩序，毫無關聯，彷彿一張張講述夢境的圖畫，然後又遠逝離去。她費了好大一番功夫去整理前後順序。其中一個畫面不斷重現：英夏在機場，那時德國警察從四面八方朝他們聚集過來。英夏給了她一個事先約好的絕命信號，重重地點了頭，讓她明白事情搞砸了，吞膠囊，就是現在。英夏，他成功地死掉了嗎？

從巴黎起飛後，一切無比順利。在西柏林轉機時，只有世珍和英夏兩人下機。在飛機的中央走道上，世珍一個沒站穩，緊急抓住了一位乘客的胳臂，她連忙道歉：幾個韓文字脫口而出，她立刻為這樁蠢行自責不已。那是個年約五十幾的親切男子，一頭灰白華髮，讓她想起自己的父親。男子問她，小姐，一切還好嗎？有那麼一瞬間，她覺得自己被打動了。幹嘛這麼做？然後，英夏冷冷地對她兇了一句，說的是日文：行きましょう！（走吧！）空服員們微笑鞠躬，送他們離開機艙。

稍晚，世珍和英夏目送大韓航空的飛機再度起飛。世珍很緊張，她的耳畔還響著機上乘客的歡笑和閒談，而他們那架飛機，行李艙內載著「被遺忘的提袋」繼續飛行。她和英夏交換個眼神，兩人一起去喝了一杯。緊張感逐漸解除，不過兩人說不上幾句話。在搭乘前往莫斯科的德國漢莎航空起飛以前，他們有六個小時的時間要殺。英夏每隔一陣子便查看手錶。到了某個特定的時辰，他用日語對年輕女子說：現在，應該成了。

……世珍剛才應該又陷入了麻醉的昏睡，因為，在她睜開眼睛的這個當下，一道細細的日光照入病房。房裡只有她一人。在她內心深處，她置身地獄。

英夏和她最終抵達了飛往莫斯科航班的登機門。世珍心想，再過一個小時，就能起飛了。假設炸彈裝置運作正常，那麼他們的任務可說圓滿成功……當呼叫旅客登機報到的廣播響起，想到即將離開西方國家，世珍打從心底感到鬆了一口氣。只要飛機一起飛，他們就等於進入了蘇聯的領空，安全無虞。別人再也不能有任何不利他們的行動。

英夏遞出護照和登機證，但對方請他稍等一下。世珍也必須等候。不會太久。依照一位海關人員用英文告訴他們的，似乎「有個小問題要解決」。兩名韓國特務互望了一眼，臉色蒼白。應該不會是什麼大事才對。世珍詢問：飛機會等他們嗎？她得到的答案是肯定的，於是放心了。世珍和英夏眼睜睜看著其他乘客登機。兩人提高警覺，只用日語交談。

過了一個小時，一名亞洲人來到他們面前。西柏林日本領事館的官員有幾個問題要問他們，並用嚴厲的語氣告知：他們的護照是假的。無論兩人如何否認，日本官員堅持不讓，並且想知道，為了什麼原因，既然想從巴黎去莫斯科，他們卻不搭直飛的班機，而寧願選擇坐大韓航空到西柏林換機？所以，他們去莫斯科做什麼？

「剛才發生了非常嚴重的事」，眼見他們沉默不語，男人說。

就在這個瞬間，他們知道，留在行李艙裡的炸彈已發揮功效。

這時，五名穿著淺綠色制服的警察朝他們接近。那些人要來逮捕他們。跟英夏交換了個眼神後，世珍緊張地掏出煙盒，從裡面抽出一根煙，吸嘴那端藏著一顆小膠囊。指導員說明時的畫面突然浮現腦海。那是春天，風和日麗又溫暖。她從來沒想到這麼快就會派上用場。

……病房裡，透過殘破的零星片段，世珍也重溫了，六個月前，與英夏合作第一項任務中那些緊張刺激又開心的時刻。其中部分記憶與第二項任務混淆，後者的結局是這張病床，手腳被綁，以免她再次試圖自我了斷。

上午，她再度睜開眼睛。她身邊有兩個人：一名男醫生和一名女護士。男人用英文問她是否覺得好些。她點頭回應。他們拔掉了她的鼻管。

後來進來了兩個歐洲人和兩個亞洲人。這一次，可不再是兩位醫生。即使身體虛弱，她仍事先做好了防衛的準備：什麼可說和什麼絕對不說。歐洲人應該是德國警察，亞洲人則是日本人。

「您的姓名？來自哪裡？」
「岩谷咲。我住在東京。」
「生前跟您一起旅行的同伴是誰？」
「生前？他怎麼了？」
「在機場就死了。他的運氣沒您好。他是誰？」
「死了……我的舅舅。安倍靖。」
「您在日本有家人嗎？他們住在哪裡？」
「我已失去雙親，是這位舅舅收留了我。除了他以外，我沒有別的家人了。」
當他們駁斥，說她的護照根本不是相關單位所發出時，她發誓自己確實是日本人。那是一本假護照，為什麼？她不回答。如果，如她所宣稱，她只是一個在歐洲度假的平凡日本人，又為何要試圖自我了斷？她在東京的地址是？她空泛地說了個地區，池袋。您在哪裡就學？大學呢？還有，您打算去莫斯科做什麼？到了莫斯科您應該住哪裡？您的日本護照上只有蘇聯過境簽證。接下來您打算搭哪一個航班？屬於哪家航空公司？是日本的公司嗎？

他們離開，隔天又回來，重問同樣的問題，穿插幾種不同的問法。世珍始終戴著手銬，被綁在床上。連上廁所都有人陪同。審問她的人抱怨連連，或英文或日文，牢騷不斷。

一天早晨，一位新的調查員接替了他們，而當她聽見他說起韓文，不禁一陣顫抖。那幾個日本人應該是注意到有那麼一絲口音背叛了她。然而，在大學日文系上，大家都要她安心，保證她講話時沒有任何口音。不過，在北方，人們的耳朵大概沒有那麼精準，聽不出那些細微的差別。世珍回應韓國人說她什麼也聽不懂。

可憐的英夏，但至少，他不必忍受這一切，世珍出神地想。如果不是倒楣活了下來，她就不必迂迴閃躲，應付他們那些奸詐的問題和陷阱。他們打算趁她身體虛弱不備……她耐心應付，一面期盼，遲早，他們的警覺心會鬆懈，哪怕只有一秒也好，就在人家陪她去廁所的時候，趁那一秒打開一扇窗，跳下樓去……英夏，他以英雄之姿結束了生命。他是最有經驗的特務之一，歷經多次任務，淬煉出鋼鐵般的神經……他被派到西方國家幾次了？每次都完美脫身，而現在，年屆六十，回國的飛機就在眼前，他卻吞下死亡。

對世珍來說，這是第二次與英夏在西方出任務。她已有足夠的時間感受到這位男子冷靜的性格。他像個父親一樣尊重她，在旅館過夜時，從未對她意圖不軌。從未有過任何踰矩的舉動。在巴黎時，一名北韓特務交給他們C4炸藥，偽裝成一台小收音機。大韓航空的飛機不該飛到終點，在他們離開首都之前，他對他們說。那是（她十分努力，在記憶中尋找日期）……一個月以前……一九八七……四月……十五日。我們要殺殺南邊的威風，干擾他們的選舉和奧運，這麼一來，朝鮮半島統一的指揮權就將握在我們手裡……世珍毫無猶豫。行動目的背後的野心那麼偉大，那麼高貴，成果值得不擇手段。為了祖國，為了兩個韓國的統一，她發誓讓自己不愧如此雄心壯志。同時，也為了表現耀眼，讓浩南讚歎著迷；如今為時已晚，的確，但是她無所謂：心的節奏非理智所能有。讓浩南為一顆昏暗衰微，沉沉欲眠的太陽炫目著迷……

接下來的兩個早晨，同樣那個韓國人都來到她的病房。每一次他用她的語言提問，世珍便搖頭。男人的笑容讓她顫抖，自從她從鬼門關前被救回以來，第一次，她感到害怕。

「但您明明是韓國人」，他說。而這句話，她也假裝聽不懂。

他吐出這些字時，咬牙切齒，卻帶著一成不變的微笑……以至於，跟德國護士和日本調查員在這個房間裡時，她什麼都不怕了。然而南韓這個警察每次出現必帶來極為惡劣的狂風暴雨。

第三天，他宣佈：明天您將轉院到首爾，我們會在那裡照顧您。完了，她心想。她留在飛機上的偽裝收音機即將二次引爆，只炸掉她，帶她隨著她造成的一百二十二位冤魂渡過地獄之河。在高等軍事學院，他們已經說明過了：一旦落入南韓特務手裡，他們會慢慢折磨你們很久，你們再也逃不掉。想到這令人毛骨悚然的警告，她好怕自己會屈打成招，說出自己的身份。

深夜之中抵達首爾，她躺在擔架上，完全看不到敵國的景象。她被安排在一座監獄側棟的醫護單位。在那裡，她一個人，獨居一間乾淨明亮的牢房，還有暖氣，一切與普通旅館的房間無異，只差在有人全天候監視她。

隔兩天之後，審訊開始，就在她的牢房裡舉行。調查員首先用韓文問話，後來，由於她一直佯裝不懂，他們便派了一位日文翻譯過來。

「我們的日本同儕沒有找到任何您在東京生活過的痕跡。您先前所講的事毫無根據。他們全部比對過了。日本赤軍的前成員，那些被關在牢裡的，從來沒聽過您這個人。別再躲在那些謊言後面，招了吧！您是什麼人？」

「我該說的都說了。」

他們為什麼不拷打她？像這樣的吊胃口，跟他們對她的尊重一樣，是不是都是心理操控的一部分？等到他們對她的一再否認厭煩了，會不會就開始動用拳腳？他們表現出的禮貌不但根本不能平息她的焦慮，反而更令她擔心。她寧願立刻做個了結。他們卻不慌不忙，彷彿就是喜歡慢慢來似的。彷彿他們確信一定能達到目的，什麼時候不重要。不過從某些徵兆來看，她猜結局不遠了。他們的臉上不經意流露不耐煩的神色。而且他們頻頻歎氣，這在一開始那幾天可是不允許出現的。

「假如您只是一位日本觀光客，又何必要結束自己的生命？」

「為什麼，如果您給的地址是對的，日本當局卻完全找不到您在那裡的蹤跡？」

「為什麼沒有任何行政機關有您的記錄？」

「為什麼？為什麼……為什麼……為什麼……」

他們不對她動粗，不對她大小聲。每天早晨，她都死心相信：現在，去用刑室的時候到了。然後，一天就這麼過去。到底發生了什麼事？

過了一個星期後，三個炮製料理她的廚子之中，瘦瘦高高，看來是主廚的那位，對她說：

「好，我們要出去逛一圈。您跟我們來。」

這一次，死期真的到了。她坐進後座，然而那輛廂型車一點也不像運囚車。車上沒人說話。她坐在兩名員警之間，手銬連著右邊那位，恐懼不已。高瘦子終於還是注意到了。

「我們需要出來透透氣，您也需要，不是嗎？您可以稍微看看首爾，您會改變看法的。我們稍後再重新聊聊。」

回想起來時，世珍仍痛苦地感受到那天所受到的殘酷衝擊。他們帶她經過的那些地方，她努力依序記起，分類，卻全部混淆，茫然迷惑。她的記憶宛如土石流形成的堆積，石塊崩落，滾到陡坡下，跟其他地質時期的岩層擠在一起。那是一堆亂七八糟的影像和區域名稱——明洞、江南、鐘路、狎鷗亭、清潭洞、梨泰院——每個地名都孵出一大把意象、顏色和光線，讓她眼花撩亂，呆若木雞。警衛們邀她下車。他們走進幾家百貨公司，什麼也沒買，悠哉悠哉地慢慢逛，彷彿，在這個國家，在審問期間，去城裡閒逛一圈是必須遵守的規定。世珍睜大雙眼，尋找著，在北韓，從小學開始老師就常說的那些乞丐、失業者和可憐的無產階級在哪裡。無論在哪裡她都沒看到。被藏起來了。每到一處，她便搜索一個極度貧窮且無依無靠的社會所該有的跡象。讓她驚愕的並非繁榮，像她在歐洲體會到的那樣；而是這裡竟然如此繁榮：這裡可是那個據說毫無活力，瀕臨崩潰，已淪為犯罪地獄萬劫不復的南韓啊！龍山、新村、弘大、仁寺洞。一區一區，一條一條商業大街綿延不斷。東大門、大學路。

最後，他們踏遍整個南大門市場。櫥窗裡，各國旗幟、飾品、布料，還有櫥窗裡的衣服，她這輩子在北韓從未見過那麼多種繽紛色彩。被一名員警牽著的手銬並不明顯，人群之中看不出來。她停下來，四處觀察。他們也任由她去。她甚至覺得他們非常高興看她走走停停，用饑渴的雙眼貪看街景。他們在玩什麼把戲？她明顯感覺到有陷阱，必須假裝不懂海報、告示以及商販大嬸們的叫賣。而且，從某種意義上來看，她的確一點也不懂南韓被隱藏起來的這一面。

他們在仁寺洞的大路上漫步，她看著櫥窗裡華美的韓服*、青瓷餐具、還有滿坑滿谷的紀念品和女性小飾品。她聽見街上有交響樂演奏、有個攤販喊著：「冰淇淋！」、還有，蓋過這一切的，樹上的蟬鳴。在廣藏市場裡，瀰漫著泡菜、鮮魚和糯米血腸的氣味。她看見人們在攤子上吃石鍋拌飯、燒烤牛肉和煎餅；也看到巷弄裡，女裁縫們忙碌工作，更多更多的韓服店。

回去之後，審問繼續。調查員們永遠問個沒完。好幾天以來，他們不斷堅持同樣的幾個點，反覆詢問同樣的問題。他們試圖找出保險箱密碼，隨時咬緊她遲疑的時機，希望混淆她。但這一次，世珍心不在此，飄到了她確定再也見不到的北韓。她回想起第一次在西方出任務，一切順利，毫無差錯。那時，在英夏的陪同下，經由北京，前往巴黎……他們的假日本護照騙過了兩邊的海關。他們在十四區的一間小旅館住了一個星期，完美喬裝成觀光客，等待情報

* 原註：韓國傳統服飾。

局的探員接觸，交給他們一個手提箱。英夏表現得像世珍的父親，教了她許多事。在旅館裡的時候，他們只不著邊際地閒聊，永遠都講日語。只有到了外面，淹沒在人群之中，他們才敢說幾句韓文。當他們出門四處亂逛，或參觀羅浮宮、蒙馬特等地時，一定把上了鎖的手提箱帶在身邊。兩人在西歐國家的百貨公司駐足良久，但是什麼也沒買。出發時，上面給他們的日幣數量幾乎還不夠支付旅館和餐飲的費用。他們省去午餐，只吃晚上那一頓，外帶買回房間裡。

在那之後，回到了平壤，世珍才知道手提箱是空的。所謂第一次任務原來是一次試驗，英夏同時擔任她的指導老師和考官。回國之後的日子反而辛苦得多：整整兩個月，世珍被迫接受意識形態的修正教育，好讓她心中的西方星光徹底熄滅。讓她對百貨公司，名牌服飾，繁榮景象倒盡胃口。她照單全收，毫無怨言。在那幾十個小時裡，她還必須複習《主體》*這部經典。然後，她所屬的三號建築裡的上司們派給她第二項任務，同時承諾：如果一切圓滿達成，回國之後，她就可以跟親人們一起生活。

這次的任務其實成功了，但現在卻在首爾結束，要她不知第幾次忍受同樣的問題折磨。

進城逛了一圈之後，世珍封閉自我，沉默不言，眉頭深鎖，眼神空洞。調查員們面面相覷。當她再次張開嘴唇，吐出的最初幾個字已完全失去日語的腔調。自從在病房起死回生以來，第一次，世珍用韓語說話。

「我叫蔡世珍，為朝鮮民主主義人民共和國的情報單位工作。我曾在金正日政治軍事大學接受教育，能夠摧毀任何事物，消滅任何事物，進入任何空間。我的旅伴也是一名特務，我們的任務的確是將大韓航空班機在從柏林飛往首爾的途中引爆。」

一口氣說完這一大串之後，世珍便閉上了嘴。過了好一陣子之後，調查頭子打破沉默，以免她又退縮，或就此停滯。

* 原註：全名《主體思想》（Juchesasang）北韓的教條，以自給自足的封閉經濟為基礎。

「為什麼？」

「為了在南韓引發混亂，打擊你們的政權，破壞奧運會的舉辦，阻撓你們的選舉。這麼一來，你們就必須屈服，統一大業將由我國來主導。」

「是誰下的命令？」

「……」

「是誰？」

「非常高層。」

「最頂端？」

「……」

把話說出來對世珍來說毫不困難，儘管有幾個點她故意不說明白。一顆文字的膿包被戳破了。她仍然震驚不已：他們不動用酷刑，便已得到想要的情資。

「殺了這麼多無辜的人，您後不後悔？」

「沒有理由就殺人，我感到無比後悔。」

「您在日本當潛伏特工多久了？」

「您說什麼？」

「您從什麼時候就開始在海外執行任務？尤其是日本？」

「我從來沒踏上過日本的國土。」

「別否認了。那是不可能的。就連日本人也難以相信您不是日本人。當初若不是您的假護照有破綻，東京的地址純屬憑空捏造，他們也不會開始懷疑。」

「我從來沒踏上過日本的國土，也從來沒去過南韓。」

「所以您像個天才兒童一樣，走出北韓時，就擁有完美的日本知識和語言能力……您要我們怎麼相信？」

「這是事實。」

「您就是不招？」

「從剛才開始我所說的都是事實。有幾個日本人負責訓練我們。他們教我們如何被別人當成日本人。我們的發音、口語化書寫能力都必須練到完美。他們到北韓來，就是為了教我們一個日本人之所以毫無疑問是日本人的所有關鍵。說是日本人的基因密碼也不為過吧！」

「幾個日本人？日本赤軍的前成員？」

「有幾個是吧？或許。其他人並不是，如果從他們的拘謹、凡事保持距離的習慣和衣著打扮來看……日本赤軍的成員都吃得好，穿得好……我們的那些老師不是這樣。我想到一位害羞的年輕女性，她看起來簡直像受到恐嚇。她真的一點也沒有堅韌的革命女青年該有的樣子。負責載她的車子離開大學時，往北走，朝綁架人質集中區行駛。淀號事件的組員*，至於他們，則住進了『革命城』的豪宅，完全在另一區，位於平壤的東邊，也就是在我上的培訓學校的東南邊。」

「那位年輕女性，她叫什麼名字？」

「在我們面前，她用的是一個韓國名字——朴孝順。她為我們上最後一堂課那天，知道大家以後彼此不會再見面，她把她的日本名字悄聲告訴了我：直子還是雅子，我已經忘了。她的年齡應該是二十到二十二歲左右。在課堂上，她只跟我們說日語。不過，我聽見過她跟一位學長說話，用的是正確的韓文。不是百分之百完美，但程度還是很高段。她應該已經來了好幾年了。」

「她是怎麼來到你們那邊的？」

「怎麼來的？被綁架來的，肯定是這樣。您以為她有權利談這件事嗎？人家會告訴我們嗎？」

*

＊ 原註：一九七〇年三月三十一日劫持東京飛往福岡的日本航空三五一號班機（俗稱「淀號」）的主事者們。在首爾的機場釋放機上乘客之後，劫機者們抵達北韓，受到庇護。

被神藏起

在田邊直子失蹤前不久，天色漸黑，大田太太，徒步走回家。天氣很冷，預報將下雪。在距她家幾百公尺的那條直路上，她瞥見一輛白色客車，停得亂七八糟，車輪都已經擦到邊溝。因為那輛車擋住了去路，而她身上的東西又多又重，大田太太改走另一邊的人行道。荒無人煙的馬路兩旁只有白色矮牆，那輛車停在這種地方做什麼？瞄到車內幾個男性的身影，她有一種奇怪的預感；不過，跟她的同胞一樣，她早已忘記聽從直覺這件事。

副駕駛座的車窗慢慢搖了下來，一隻手招她過去，同時響起微帶著鼻音的呼喊：「済みません！」*走在對面的人行道上，大田太太繼續往前，沒有回頭。

這裡離港口不遠，治安風評不好。而且，她已經來不及了，小綠就快到家，緊接著輪到弟弟一郎，最後孩子們的爸也會跟著進門。她到現在都還沒開始準備晚餐，因為，星期一，讀書會佔去她很多時間。稍微走遠了些之後，悄悄地，她回頭看了一眼：車子一直還在，車裡，黑漆麻烏的，有幾個人影。遠方的地平線上，天空還泛著隱隱淡藍，然而這個社區已陷入一片幽暗，點綴幾小塊長方形亮光。

一回到家，她便把白色汽車拋到九霄雲外。一如既往，她丈夫習慣先給她打一通無關緊要的電話；然後她一面聽廣播一面切肉準備煮火鍋。這時，小綠回來了。一如每一天，母親問她一天過得如何。然後小綠就聊起直子的事。

「今天，她的狀況不太對勁。昨天晚上，她跟她爸媽鬧翻了，有點不敢回家。我提議要她先來我們家待一會兒。」

＊ 原註：「不好意思！」

「然後咧？」

「她決定不要太晚回去。我跟她說，我晚上再打電話給她。」

「什麼事讓她煩心？」

「根本沒什麼真的大不了，我想是她小題大作。他們責備她對學業和合唱團不夠用功。」

田邊太太，她也一樣，一面準備晚餐一面聽著晚間新聞。南非法蘭西斯角外海兩艘油輪相撞，造成海水污染……吉米．卡特必須在白宮接見梅納罕．比金（Menaham Begin）……東京消息，內閣總理大臣福田赳夫……岩手縣降下大雪……聽完了這些，看到時間，她才開始擔心。直子一向準時，這麼晚歸很不像她的作風。街上沒有一點腳步聲。門板沒有咿呀作響。孩子的媽終於決定打電話去大田家。聽見田邊太太的聲音，大田太太明白，一定出事了。

「不知道直子是不是碰巧在你們家？我正在找她。」

「沒有，她不在這裡……小綠陪她走了一大段路，兩人在街角分開的……您打過電話問學校了嗎？有時候，說不定她忘了什麼東西，可能會轉回去拿……」

掛上電話時，小綠的母親想到離家出走的可能性，這大概也是田邊太太的猜測。然後，她又想到那輛白色汽車和先前的預感。

幾個小時後，進入沉睡的新潟縣，在兩名員警和田邊夫婦的圍繞下，一隻警犬循著少女從學校回家的路線往前。牠來到兩個女孩分別的地點，然後繼續。再走了一百公尺左右，在直子走過千千百百次的人行道上，牠停下好一會兒，找了又找，但什麼也沒找到。牠逗留原地繞圈，最後靜止不動，搖擺尾巴，望著主人，彷彿告訴他：我的任務到此結束。

隔天，當警察針對警犬失去直子蹤跡的那個位置向她詢問時，大田太太供稱：

「那輛本田汽車就停在那裡。」

於是警報響起。縣內所有警察局都得到情報：一輛本田喜美型的白色客車是一起綁架案的犯罪工具，但始終沒有接到任何可疑車輛之通報。

＊

直子，迷迷糊糊地，脫離昏沉的睡眠狀態，花了好長一段時間才總算認清事實：她再也無法主宰任何事情。她在哪裡？從她靠近那個向她問路的男子以來，過了多久時間？在那之後，發生了什麼事？現在，她手腳被縛，置身漆黑之中——令人作嘔的漆黑，她什麼也無法辨識。就在剛才，她才剛從體育館回家……她正準備跟媽媽和好，斟酌著該怎麼說，一面走著，一面練習講出每個句子……她被關在什麼東西裡面？在這個當下，基於周圍雜亂無章，加上汽油味和顛簸振動，她一時相信自己在一輛車子的後廂裡。不過再多想想，這個地方太寬敞，而且搖晃得太兇。她不斷要自己多想想他們家（爸媽，弟弟和她）為新年和四月春假所做的各種規劃，但是沒有用，她被困在一個停滯的時空，焦慮不安找不到出口。他們全家已經預定，春天的時候，要去西表島度假一個星期，重溫去年的幸福回憶：那時他們還潛到海中去找鬼蝠魟呢！在假期當中，直子覺得自己根本屬於那個海底世界；而且，每次表達等不及回到島上的心情時，她的弟弟也同聲附和。小清也一樣對鬼蝠魟深深著迷：那種魚的寬幅可達四到五公尺，張開牠們的「翅膀」，彷彿隨時可以飛出水面。還有，那座島上，多美的森林！浦內川的河畔風光多麼怡人！老天，這一切都變得好遙遠……

田邊直子縮成一團，探觸到她的運動提袋就在身邊。那不是一樣有生命的東西，但是能替她連結先前那個世界，因為袋子裡裝著她的個人物品——T恤、短襪、羽球拍。她什麼也看不見，但是知道袋子的一面印著白色富士山，另一面則寫著數字15。弄丟書包就算了。只要有羽球袋，就能證明她沒瘋。直子的眼前再次浮現那個陽光普照的日子，爸爸陪她去大商場買了這個提袋。那天跟許許多多日子一樣平凡，但是現在在這個地方回想起來，它宛如鑽石一般剔透無瑕。突然間，一個猛烈的撞擊，她被大力搖晃，吐了一身。不，她不是在車子後廂，因為她整個人站得起來。事實逐漸明顯：她被丟在一艘船的船艙裡。

很快地，女孩停止思考。在淚水潰堤與野獸般的哭嚎以外，她試圖另找一個出口。在這個散發惡臭的地方，她簡直快要窒息。被綁起的雙手等於只剩一隻手的功能，十指在黑暗中觸探。根據她所能做出的判斷，她醒來後所置身的這個地獄空間被一層平滑的壁面包圍。她努力摸索，發現似乎有一道細長的凹槽，於是猜想那是某個船艙口的周圍，出了艙口，生活便能重新開始運轉。想著想著，兩手綁成的這隻手，手指變成了爪子，用力摳挖，試圖把凹槽挖大，想必一定能讓它起什麼作用。她把指甲當成迷你撬棍，不斷刮磨，很快就滿手鮮血。

沒有任何線索讓她知道現在是白天還是晚上。她昏睡了多久？她一直又摳又挖的那道縫隙連一絲光線也透不進來。憑著她的十根手指，最後一定能戰勝金屬，弄彎那道溝槽：只剩這個辦法了。拚命用力的結果，只落得撬翻了好幾隻指甲，痛得大叫。

吃盡恐懼的苦頭之後，短暫幾個片段裡，她的神智稍微恢復清醒，開始試著弄清整件事。她被綁架了嗎？但是是被誰綁架？她一家人過著那麼簡樸的生活。她的父親是縣政府的職員，母親是家庭主婦。被綁架？但是為什麼？假如真的是這樣，那一定是出錯了，他們很快就會發現。她必須跟他們解釋清楚。

直子的牙齒喀喀打顫。或許她正在慢慢死去。有好幾次，她已經投降，用盡了最後一點力氣。陣陣痙攣使她更加衰弱，她盡可能地蜷縮身體，抵禦寒冷。幾個小時以前，她還在跟同學聊天，燦爛的陽光灑在新潟大地上。現在，什麼都沒了，唯有引擎噴出的噪音及燃料混著嘔吐物的悶臭味。常常好幾次，她相信自己聽見一個人說話的聲音。或者好幾個人？然後一片死寂。而這死寂掀起最洶湧的驚濤駭浪。她再也沒有力氣和意願去攻擊那個她以為是一道門的東西了。

他們的手電筒朝她的方向照來時，她沒能辨識出他們的長相。在漆黑中待上那麼多個小時之後，光線刺得人好痛。她的眼裡泛起淚水。然而他們就在那裡，在那道眩目的光束後面，應該有三個人沒錯。他們操著一種她不知道的語言。該怎麼讓他們明白呢？她的父親並不富有：她想告訴他們的只有這件事，讓他們曉得自己綁錯人了。

其中一個人影用字正腔圓的日語通知她：就快到了。她必須梳洗乾淨，吃點東西。那人沒有進一步說明他們快到哪裡，而當她反覆告知她家並不有錢時，他又裝作沒聽到。直子總算逐漸看清綁架她的人是什麼模樣。他們看起來一點也不像歹徒。他們解開她的繩子。其中一人見她踉蹌欲墜，扶了她一把。他們把她抬到一間船艙，透過舷窗，她看見了天光。她已恢復到一種看似平靜的狀態。不自主的顫抖已經停止。她把雙手浸入一個裝滿的臉盆，水的觸感好舒服。她掬水洗臉，然後用一條小毛巾慢慢擦乾。接著，她一隻手伸進髮絲，稍微撥弄整齊，目光四處搜尋是否有面鏡子。

她梳洗乾淨之後，幾名男人這才發現：傍晚時，在日本的港邊，他們一看見有人靠近就貪圖速戰速決。在他們眼中，日本女人都很嬌小，而當時天色幾近全黑，他們以為對方是一位成年女性。其實他們的任務目標是帶回一、兩個日本男人，但時間非常緊迫，因為上面的命令是當晚要返回韓國。現在，就快靠岸了，他們唯一能交的成績卻是一個小丫頭，大概只有十二歲……執行這項行動的男人們個個臉色發白。她太年輕了。三號建築的長官們會做出什麼反應？這個還在嗷嗷待哺的孩子能做什麼？幾人用他們的母語商量了一番之後，問了她的年紀。出自一股被捕的動物直覺，女中學生警覺到事態不對勁。他們要的不是妳，她心想。他們搞錯了。用日語跟她說話那人應該是隊長，因為其他人都偷瞄他的臉色，似乎在等著什麼。她領悟到自己的命運掌握在這些傢伙的手裡，眼前浮現自己再次被綁起來，吊上甲板，從船邊扔下去的景象。她會直接沉入冰冷的海水中，連到底遭遇了什麼事都不明不白……於是，回答時，

她為自己添了幾歲：「十五，我十五歲。」她推測是隊長的那人猶豫了一下，然後歎了一口氣。他自言自語，又或許也說給另外兩人聽，講了一個沒聽過的字：좋아요，joayo，她沒費多少力氣就猜出意思：「好吧……」

那是她學會的第一個韓文字，但那時她還不知道這個字屬於哪種語言。這是在岸上等著她的幾萬個韓文中的第一個字。這個字所表示的應該是她保住了一命，儘管，當然，她是整個行動中的一個差錯，但是一個被原諒了的錯。而這個完全無關緊要的小字，後來那些年裡，每次她要講出來的時候，腦中總鑽入某種像是從字義的裡層中溜出來的弦外之音，彷彿在說：「妳有活下去的權利」。在沒什麼意義的對話中，這個可以支撐一切的萬用字詞，對她來說並非無關痛癢。

當港口映入眾人眼簾，田邊直子，即使內心失落，仍不斷對自己低聲說：「Joayo……」

*

對直子的母親而言，那輛白色汽車和警犬追跡中斷的故事根本不成立，而且，她不想把孩子的命運丟給一頭畜牲來決定。這條路直子走過那麼多遍，在這個平靜的住宅區裡……她不可能就這樣人間蒸發，就這樣在一堵牆前面。做母親的不肯相信，然而她詛咒那頭警犬。多少次，她回到直子的氣味消失的地方，往地上尋找蛛絲馬跡。一粒灰塵，一顆直子的原子也好。無論如何，她信念已決：她什麼也不會找到，因為任何人都沒有理由奪走她的女兒。田邊一家從未樹敵，直子也尚不到引人垂涎的年紀。由於查不到任何訊息或可疑的通話，警方將這起案件以離家出走終結。結案的決定讓田邊太太感到欣慰，她認為孩子不久後就會回來。至於她的丈夫，說不上來到底為什麼，也不多說什麼，比較認可綁架的可能。

白天的時光中，田邊太太需對抗女兒不在的事實與孤寂感。她深受悲傷折磨，一有機會就外出上街，想到就走。直子從來不曾逃家，那一點也不像她的個性，但做母親的用盡力氣去相信。她失蹤的前一晚，自己不是，照她的說法，教訓了她一頓嗎？而要是她，在絕對不該碰的時刻，觸碰了一根敏感的神經呢？每走一步，這位被遺棄的母親就覺得似乎又找回與女兒最後一次對話裡的一個字。而每一次，當她想到一個確切的字，便把它放在罪惡感的高倍數顯微鏡下檢視。

以罪人之身，她在新潟的大街小巷裡漫無目的地走。常態性地，每到中學放學時間，她便看見女兒在她面前；她加快腳步追上，卻總是嚇到另一個女孩，只能道歉認錯。她不願容忍任何懷疑的空間，以至於寧可承受幾千次這樣的小失敗，也不想出現一次不確定。由於這座城裡所有的女中學生都穿一樣的制服（海軍藍百褶裙，同色長襪，短外套和圓帽，那頂直子很感冒的小圓帽），做母親的注意力持續處於警戒狀態，每一次的期盼最終都被潑了一盆冷水。然而，她仍不斷地走，直到發現下一個直子為止。

許多時候，腳步帶她來到車站，因為在那裡，可以與城市中如自由電子般脫離規範的人們擦肩邂逅。在門廊附近，她總會看見那名太平洋戰爭的殘兵，身穿那個年代的赭紅色軍服。手提音響播放交響版當伴奏，他唱著一首帝國海軍的進行曲，進行募捐。偶爾，她會給他幾塊零錢。有一天，她鼓起勇氣跟他說話。她拿直子的照片給他看，說不定，他固定守在所有人都會經過的一個地方，可能曾經見過她。不，獨腳人對這張臉完全沒印象。而田邊太太心想，如果說，除了她丈夫以外，這城裡有誰跟她算是親近的，應該就是這個跛腳老兵，面帶微笑，至少順應天命。畢竟，他總不能冀望，從那些每天早晚匆匆走過月台的那些腿中，找回他的那一隻。

進城去購物，總變成四處亂走；買完東西後，田邊太太往回家的路走。說不定，回去後，失去蹤影的那個女孩就在家裡呢？儘管可能性十分渺小，做母親的從來不忘上樓去女兒的房間查看確認。

所有的力氣，她都投注在堅持下去的意志上。每過一分鐘，就必須想辦法度過下一分鐘。多少次，獨自一人，她望著廚房掛鐘上的秒針轉完一圈，藉此鼓勵自己？等待有意義嗎？唯有等待過，她才會知道。

當黯然神傷的情緒不斷沉積，甚至鑽入時光最細小的折痕，她便聆聽一首舒曼的樂曲，名為「流浪之民」（Zigeunerleben）。她對這位作曲家一無所知。說實話，她對歐洲音樂一竅不通。但是，舒曼這首曲子，她懂。她經常播放。這首歌曲的調子十分緊湊，她不知曾在哪裡讀過，說它描述吉普賽人的生活，上個世紀，某座遙遠的森林裡，他們升起了營火。錄音開始後兩分十五秒，合唱之後，鋼琴伴奏之後，短暫地響起一個獨唱的聲音：那是直子的歌聲。歌聲上揚，下沉，再次拔高翱翔幾個小節，然後融入其他人的唱和，直到鋼琴的最後一個音符和掌聲。這塊卡帶是合唱老師在幾個月前送給女兒的，並且讚不絕口。這是這對父母所擁有的唯一一段孩子的錄音。直子的獨唱只有幾秒，但老師大力稱讚她歌聲純淨，音準無誤，接下來，又完美融入大合唱中，宛如遙遠森林裡的一棵樹。黑眼珠的女孩們開始起舞（Schwarzäugige Mädchen beginnen den Tanz……），對做母親的來說，從她黑眼珠的女兒口中所唱出的這些外文字眼，彷彿一語成讖。

一天晚上，在丈夫的陪同下，她的腳步轉了方向，不再進城，改朝海邊走。直子人間蒸發之後，警方在那附近搜查了一番。當著田邊太太的面，警察們帶著一頭警犬協尋，沿著海岸線分段偵查。看見這些穿著制服的人展開分頭行動，只為了找到她的女兒，她的心境稍微恢復平靜。他們說，應該常有些浪人（他們不想用「流浪漢」這個字眼）在岸邊找到避難棲身之所。根據官方說辭，那是他們調查的重點，但田邊太太懷疑他們預期遇上一具被海浪衝上岸的屍體。

她和先生坐在一顆岩石上，因為天冷，兩人緊緊依偎。沒有船隻的日本海海面驚濤駭浪。接下來的幾天，田邊太太又回到海邊。不過她隻身前來，期待大海決定將女兒還給她。她始終未能走出心理創傷。她想起往日的時光。自從直子出生後，她以為自己已經想像過最糟的狀況，並做好了準備，告誡自己：

沒有誰能保護女兒一輩子不會遭遇絕症或車禍。然而，她在這個世界上最珍愛的人，徹底蒸發不見，這遠遠超過她所能設想到的一切。這比任何的一切都糟。她開始向毫無預警地從她身邊奪走女兒的神祈禱。直子神隱了（kamikakushi），她心想。被神隱藏起來了。秘密藏在某個地方，但到底是哪裡？！

若有年輕女孩的屍體被發現，警方偶爾會通知田邊夫婦來一趟。每一次幾乎都是同樣的場景：行前巨大無邊的恐懼，登上警局台階時雙腿顫抖，在屍體前方，惶恐到了最高點；最後，鬆了一口氣。每一次都鬆了好大一口氣，同時又有點罪惡感——不是她，這次不是。

由於接過太多次通知，田邊太太偶爾會起疑。不會持續很久，但這道縫隙之深令她暈眩，因為，在那縫隙洞底，她瞥見女兒死去，或落入一幫陌生惡人之手。然後，地獄的入口闔起，做母親的重拾信心：直子還活著。她會回來的。然後，她再度陷入空洞之感，如同落入縫隙前一樣。

有一天，有人請他們把直子的牙科病歷交給警方，結果，過了一陣子之後，他們便很少需要再親自跑一趟。

　　幾乎變成習慣的海邊之約在某一天嘎然而止。田邊太太心想，把希望寄託在這上面太荒謬。警犬已經搜尋過港口各項設施，還有擺放得亂七八糟，粉碎大浪的水泥消波石堆。但是這片大海跟直子到底有什麼關係？

*

從直子到孝順

一個母親必須擁有很強的想像力才設想得出她女兒在大海那邊過著什麼樣的日常生活。她必須要能想到直子住在一間簡陋又寒冷的兩房小公寓，浴室與其他部分一樣，別無長物。

少女不必管煮飯的事。那是仁淑的特權，這個矮壯的女人三十來歲，也住在這間兩房小公寓中的一房。仁淑既是她的指導員，警衛，也是她的總管，什麼事都要先經過她。她同時扮演直子與生活之間那道門的門鎖、讓門開啟的芝麻，和守門犬。仁淑的名字意味著堅忍，溫文爾雅或教養好，說的是粗淺平庸的日語，大約一年級或二年級課本的程度。當直子哭成淚人，仁淑便整個人僵硬起來，像某種軟體動物遇到侵襲時那樣向後縮退，最後只好鬆口說，一切都能解決，她來這裡就是為了讓事情順利好辦。

她來這裡，是為了教直子這個國家的語言。這片土地，直子只透過窗戶認識，並不想親腳踏上。人家告訴她這個城市的名字，反覆強調這裡是首都，但她一點也不在乎。

直子學著寫她室友的名字：인숙（In-sug 仁淑）。她學習每個字母（jamo）的第一筆該從哪裡開始。慢慢地，她學會寫人家在這裡給她取的名字：Hyo-sonn（孝順的女兒）。這個名字很適合妳，仁淑說。但直子什麼也不想聽。她提高警覺，不在仁淑這樣喊她的時候，或者突如其來的狀況時，做出任何回應。她提醒自己：他們要我忘記自己以前是誰。

經過一段時間的練習，直子開始抄寫初學的簡單韓文。她一行又一行地抄，彷彿時光倒流，回到小學剛認識漢字的時期。

漫長的白天裡，田邊直子一有空檔，便透過窗戶窺望天空。她不出門。她的屋子面朝初升的太陽，陽光每天很早就把她照醒。她想：朝這個方向，直走，應該就會到新潟。她的爸媽和弟弟清志（Kiyoshi）。她的房間。當直子想向仁淑詢問時，女指導員立即沉下臉。對於她的日文發問，她用冷冷的韓文回答：「有一天您將可以用日文談論您的國家。您會被指派某項任務。」直子不知道她宣佈的這個消息是什麼意思，哭了起來。她必須教人家說日文嗎？難道就是為了這個原因，那天晚上，羽球課結束後……但為什麼是她？究竟為什麼？

有一次，直子孝順比平時哭得更傷心。是她生日那天。在這個時刻，想起他們，比前一天或隔天更痛苦難過。因為他們也會想起她。他們是不是以為她死了？她無法承受這個念頭。她啃咬指甲。從她的房間，她凝望東方許久，彷彿會有一隻大鳥出現，用爪子牢牢抓起她。天空中偶爾畫出候鳥排成的V字形，飛向西南。飛向日本。她想起在一本書裡看過的，騎在一隻鵝的脖子上旅行的那個瑞典小男孩。

一天晚上，直子突然倉皇失措，淚眼婆娑地闖進仁淑煮飯的小空間。發生了什麼事？她的雙腿間血流不止。她哭哭啼啼地用日文解釋，夾雜抽噎和韓文。仁淑試著安慰她。那是生理時鐘發出紅色訊息，宣佈一個大約會持續一個月的新周期的開始，她說。這表示要變成女人了。仁淑從來沒用過如此溫柔的語氣跟她說話。在知道母語的「月經」怎麼說之前，直子先學會了它的韓文。

經血帶來的好處是讓兩個女人稍微親近起來。有時候，仁淑似乎差一點就把前因後果告訴直子。她將變成什麼身份，要執行什麼樣的服務？女孩想弄清楚為什麼把她當成目標，仁淑猶豫著該不該回答，然後總祭出各種笑臉迴避。直到她不再退縮閃躲，只得用含糊的韓文吐露：直子必須加入一項「培訓」任務。

就在終於覺得仁淑的態度軟化了的時候，她接到搬家的通知。新住所在同一個偏僻的區塊，背面是樹木茂盛的山丘。另一名女指導員等著她：智英。韓文課改跟智英繼續，採輪流制：每隔一周，換另一個更嚴格的女人，真慶。

直子的心理創傷逐漸消散。某種感覺，或可稱之為對世界的依賴

（l' attachement au monde），大片脫落。悲傷仍在，但偶爾插入些許豁然開朗的時刻。直子開始抱持希望。等我扮演好他們所期待的角色，他們就會放我走。

有時候，她總算肯出門，讓智英或真慶陪她走走。真慶應該大她不只二十歲。沒有任何事物能讓直子提起興致。不過，讀著看板上的口號，她發現自己很快就已吞下綁架她那些人的語言和字母。她讀得懂。至於從容流利地對談，遲早的事。

有時他們載她去大同江的河堤。見到潺潺流水，她多麼希望自己輕如一根稻草，能夠浮在水上，順流而下，直通汪洋。河流的盡頭應該一定有一座海，就像每條狗鏈的盡頭一定有一隻狗！這條寬廣的河流令她入迷。然而，無論哪裡，她都找不到一艘小船能讓她解開繫繩，而且，智英，或者真慶，絕對不離開她身邊一步。

有一天，真慶宣佈，她們將接待一名新室友，一個叫做英任的女人。直子將負責教她韓文，因為英任的母語是日文。直子吃了一驚。日文？所以她不是這座城裡唯一的日本人？而且是一位日本女性……日本外交官或者外派此地的工程師的女兒？直子完全沒有地緣政治的概念。她根本不明白兩國之間水火不容的關係。在她被綁架的時候，她一點也沒關心過海外之事，而在課堂上，她對歷史和地理沒興趣。不過，不可能是外交官的女兒：她下課後就可以回家才對。所以，是女大學生囉？「您是日本人，比誰都更曉得如何把您自己學到的一切傳授給她。」真慶對直子說。

直子聽英任開口的時候，還以為聽見新潟那些表姊妹說話。她跟她們一樣，表示「非常」時不說とても，而說むっさんこ。同樣地，「冷」，她們不說さむい，而說しぶて……她也習慣用「～っちゃ」或「～だっちゃ」來當句子的結尾：這個語尾詞有如車牌指明一輛車的來源地，揭露了她的出身。當直子試著用日語問她時，英任整個人向後退縮，轉頭望向智英，最後才回答說，她

是本地人，已在此地生活了很久。除此之外，直子對這個自稱二十歲的年輕女子一無所知。直子喊她「姊姊」，儘管私人教師的角色由她這個做妹妹的來擔任。至於日後想從事什麼職業，英任遲疑了一會兒，回答「護理師」。

直子窺伺能夠不受監視單獨交談的時機，不過英任很害怕。每一堂韓文課，一定有智英或真慶在場，從不缺席，從不生病，從不打瞌睡。電話鈴聲從來不會響起打擾她們。噢！那具電話……要是直子知道撥哪幾碼才可以打出海外，接通她家，聽聽母親在電話線那頭的聲音就好了……她對英任使了個眼色，指指那具電話機；對方卻露出茫然的神色。大概還是必須經過接線生轉接，而那人一定會拒絕照做，直子心想，只好打消這個念頭。想必要打電話到海外根本不可能。

這位英任虛有溫和的行為舉止，其實是一座將秘密守得滴水不漏的堡壘。不過，自從開始教她基礎韓語之後，直子再也不哭泣。她恢復了生命力。幫英任也等於幫她自己。英任從來不哭，而當直子淚水潰堤時，她便伸手摸摸她的頭髮，試著安慰她。要是直子能對發生在自己身上的事有更明確的概念，能跟策劃綁架她的人談談就好了……要是她對被帶來移居的這個又醜又冷的國家有一點了解就好了。

真慶認為英任已能掌握基礎，明白重點，於是決定改上哲學課程。直子和英任填鴨似地吞背複誦許多語錄、長篇大論；而所有的一切，都以一個必須帶著敬意，強調發音的詞為主軸重心：「主體」。上這些課時，真慶擺出一張嚴峻的臉，彷彿正在傳授她們宗教戒律。教韓文時的溫和寬厚不復再見。現在的她毫無商量餘地。她這兩名學生必須反覆記誦，直到能將所有段落全部倒背如流為止。稍有差錯，就可能受到嚴重的懲罰。

*

透過某些徵兆，田邊直子心裡明白，她與英任同住的日子即將結束。她為此惡夢連連。與真慶幾次秘密交談之後，英任神色黯然……真慶對英任說的悄悄話中，直子偷聽到這幾個可怕的字：只剩三天。她就沒命。英任不在她面前提起這件事。就算她們兩人有機會獨自相處，想必她也不會說。第三天到了，直子一醒來就揣揣不安，但一整天什麼也沒發生就過了，以至於到了晚上，自從她來到這座地獄之後，她首次再度感受到最接近喜悅的滋味。她依然遠離自己的人生，流亡在外；她的家人對於她的命運一無所知；走廊盡頭，冷颼颼的茅坑始終散發臭水溝的味道；然而，那天晚上，直子是快樂的。

＊

英任在隔週離開。離別的時刻令人心酸，流不盡的淚，說不出的話。直子不知道英任會被送到哪裡：她的同胞，她朋友，是在發瘋邊緣擋住她的護欄，助她前行的盲人杖。

接下來的時光，她相信自己瘋了。從某種角度來說，她早已經瘋了，但那是一種控制得住的瘋狂，她清楚原因。她像每日微量服毒以養成抗毒性的古希臘國王米特里達梯六世，習慣著自己的瘋狂：平時稍微有點不正常，才不至於整個人瘋掉。

這時，智英和真慶宣佈，直子已經準備妥當。再過一陣子，您將被賦予一樣任務。直子緊緊抓住這句話，這幾個字應該能夠阻止她墮入更深的地獄。

三個月後，田邊直子受邀參加一場婚禮。英任嫁了給一個美國人。另外有兩名美國人也在舉辦典禮的現場。英任的丈夫比她年長真多，直子心想。以前的她大概不會相信這種可能。自從英任離開後，究竟發生了什麼事？兩位新人的外套衣領上，靠心臟的位置，別著滿面笑容的大領導頭像徽章。他們兩人也露出笑容，看起來十分幸福，相親相愛。這是直子第一次看到英任容光煥發的樣子。她心想，或許她也一樣，有一天，會嫁給其中一個美國人。她打量他們，完全拿不定主意。她還未滿十五歲。就算她抱持善意觀察那幾個身材太高，肚子很大，說穿了，表情舉止有點粗俗的人；沒有一個讓她看得上眼。

直子把她唯一的財產送給新娘，當成結婚禮物：十二月那個晚上，一個白色汽車裡的男人遠遠地叫住她時，她提在手上的羽球袋。好奇怪的禮物，她心想；但英任知道這件物品對她來說有多麼珍貴。當新娘收到印有白色富士山的黑袋子時，只擁抱了直子一下，道了一聲謝，用日語。不過那是一句加長版的正式致謝。一連串充滿鄭重的音節。一句滿心感動的道謝，禮貌並帶有一絲莊嚴，對應特別的場合，而非兩個女性友人之間平常會用的，較短的句型。

婚禮過後，英任又消失了，來無影去無蹤。關於她的事，問什麼也沒有用。所以那對夫婦住在哪裡呢？田邊直子將再次重逢的希望寄託給生命的偶然，即使在這裡，應該也存在吧！這樣的願景，由於非常不明確，使她內心充滿悲傷，更甚於她到目前為止所曾經歷過的一切悲傷。

田邊直子又換了一處住所和指導員。她又重拾倚在朝東那扇窗邊的習慣。候鳥難得一見，但是，每到初秋，當牠們在天空中啼鳴，緩緩排成箭頭的形狀又散開，為她指出日本的方向時，她喜歡停下來凝望。當她難得在陪同下出門，進市中心時，她常遇見一群群小學女生。或許是初中女生？高中女生？恐怕她很難確切地回答出來。那些女孩讓她想起自己的同學。在日本，春假已經過完很久。學校早已開學。新班級已重新分配好，儘管少了她一人。小綠現在怎麼樣了呢？會想她嗎？還會嗎？街上這些女孩，說是日本女孩也不為過。黑色百褶裙，小領白襯衫，深色背帶。她們大多數綁著一條長馬尾，一跑起來便彈上跳下，落在她們的紅領巾上。

一個冬日的早晨，他們來找她去執行一項她完全不知道的「任務」。一輛軍車停在樓下，等她下樓這段時間，引擎未曾熄火。她坐進後座時，天候嚴寒，石頭凍裂，清晨微光下，白雪透著冰藍。車子朝一處郊區行駛了很久，沒有人跟她說半句話。到了一座複合型大建築區，四周圍著漆成黃色的高磚牆並加上鐵絲網，入口處，戴著暗色皮毛帽的哨兵檢查通行證。欄杆升起，車子開進前院。

在一棟暖氣供應不足的辦公樓樓上，一名身著軍服的女子站在一個坐在書桌前的沉默男人旁邊。她表明有人在等直子。少女不禁打哆嗦。她必須說日語，而且只准說日語；課堂上，禁止韓語。以後她一周要來三次。坐著的那個男人輕咳了幾聲，什麼也沒說。

田邊直子即將扮演一個角色。如果演得令人滿意，也許他們會給她某種恩賜，例如准許她寫信回家。打電話，或者離開？她不想自己戳破幻想，僅盡力演好她的角色。

每天晚上，帆布吉普車都載她回住處。在那裡，她有一名新的女指導員，從不問她任何事。

「您要指導的是日語已經說得很好的韓國人。您要做的是……」冰冷辦公室裡那個女人曾對她說明。她的學生是些什麼人呢？他們大部分年約二十到二十五歲，全體穿著軍服。至於其他的，她對他們一無所知，也小心避免提問。的確，他們的日語好得驚人，以至於，第一天上課時，她不太知道該拿他們怎麼辦。各位想學什麼？需要知道什麼？她非常卑微地詢問了他們。當他們明確說出心中的期望時，她沉默不語。要不是她的人生太悲慘，恐怕會忍不住大笑出來。

前幾堂課上，他們想聽她講述她的童年。他們一邊聽，一邊做筆記。直子疑惑他們從這些事裡能學到什麼。如果他們是民族學者或社會學者，為什麼要穿軍服呢？他們堅持請她教他們唱幾首搖籃曲。搖籃曲……她已忘記不少歌詞，但還是順應他們的要求。在這些穿著卡其服的男人女人面前，遲疑的嗓音吟唱起浮現腦海的記憶。他們似乎聽得津津有味。

ねんねんころりよ　おころりよ……
ぼうやはよい子だ　ねんねしな……*

他們以無比一本正經的態度，跟著她一句一句地唱，直到每首歌都滾瓜爛熟。他們對她的童年興致盎然。她是不是來到了一座瘋人院？

むすんでひらいて
（手兒關關，手兒開開）

他們用最一本正經的態度唱著，彷彿他們的命運懸繫於此，彷彿他們正在記憶一則密碼訊息。有一天，仔細打量著他們的軍服，直子胡亂想到，也許她正在教一些殺人兇手唱兒歌。

むすんでひらいて

（手兒關關，手兒開開）

「您要把他們打造成完美的日本人。沒有人可以想像得到他們並非來自您的國家。複製成品必須完美無破綻，要讓最有經驗的印假鈔高手都忌妒您。您要教會他們最難的部分：如何用日本人的方式舉手投足」，上完第一天課之後，長官送她去搭那輛散發著冰冷汽油味的軍車，途中對她這麼說。

夜裡，各種不尋常的夢接踵而來。這一覺處處佈滿圈套，時時短路中斷。天還未亮，田邊直子早已清醒，飽受各種矛盾又強烈的情緒衝擊折騰，而她教的那些「課程」讓她重新沉浸在以前的世界，與這一切感受並非無關。

隔天早晨，寒冷的教室裡，她同樣面對一片草綠色軍服，但有幾個換了新

＊原註：「睡呀睡，躺……你是一個好寶寶，睡好好……」

面孔。她自我介紹，說出人家幫她取的韓文姓名。那天，她注意到一個比其他人稍年輕的女子，長相看起來舒服，眼裡閃著聰慧的光芒。她唱了一首她心愛的思鄉曲：《橘子花開的山坡》（みかんの咲く丘）。很快地，他們便記住了曲調和歌詞，齊聲高唱；窗外下著細雪，田邊直子突然泣不成聲。整座教室安靜了下來，靜待她振作恢復。那個臉蛋漂亮的女子，目光彷彿能看穿人心，始終注視著她。

接下來的幾天，他們想知道所有日本特有的肢體動作。她為他們一一說明，發現韓國和新潟比手指算數的方式一樣。表示「不，辦不到」的時候，也用雙臂放在胸前打個叉。

他們永遠不嫌多。她教他們在寺廟裡快速拍掌以召喚神明的注意，用木勺就著水池洗手；教他們日本人洗臉的方式；道謝打招呼時，鞠躬彎腰的角度，不能過多也不能太少；強調驚訝時提高嗓音，拉長「吼」（ほお）或「哈」（はあ）之類的尾音；上下樓梯，人行道上走左邊，超越時從右邊（「除非」，她特別指出，「假如是在大阪，相反地，就要從左邊超越」）。在這些舉止相關課程之後，接著是語言課程——俚語行話、文字的微妙之處。長達幾周的時間，她要他們好好複習《橘子花開的山坡》，當成一首讚美詩來唱。另一首歌，《紅鞋子》（赤い靴），讓她陷入無盡的哀傷。

一個紅鞋小女孩
被外國人帶走。
橫濱碼頭上，她搭上船，
被外國人帶走。

晚上，躺在草蓆上，她想著該如何回答他們提出的問題。有時候甚至失眠。所以，她到底來到了什麼國家？這裡的軍事教育竟然著重在搖籃曲的教學上？想到自己是為了「這件事」被抓來的，她幾乎崩潰。如果他們瘋狂到這種地步，我不可能輕易重獲自由。然後，她振作起來。這一切必然有某種意義，只是我沒領悟出來。在她身邊，沒有人表現出精神異常的行為。

直子花許多時間去瓦解學生們過於流暢的日文。她必須為他們的日文製造出蝕鏽粗糙的痕跡。你們說起話來個個都像全班第一名。她告訴他們。你們說出來的話好像課本裡的例句，我要教你們粗俗的說法。於是她開始享受惡作劇般的樂趣，故意灌輸他們各種非正式和笨拙的說法，塞給他們當初爸媽禁止她講的粗話。胖乎乎的男學生們煞是滿意，嘴角揚起一絲微笑，心照不宣地互相眨眨眼；然而那位流露聰明目光的年輕女子卻依然一本正經，一個字也不說。她是在可憐她嗎？

他們什麼都想知道。那些人中斷了直子的童年，卻又要她把那段童年教給大人。有時候，出於一種報復的心態，她告訴自己，其實可以在課程中偷偷加入一點荒謬的成分，讓他們出醜，甚至，有一天，害他們露餡。隨便發明什麼字或規則。創造專為他們設計的假想語言範疇……不過她不敢，純粹害怕會被他們發現。因為，在她糊裡糊塗，殘缺破碎，但仍活跳跳的心底，始終蟄伏著希望。如果我配合演出，就能脫離困局。他們會把我遣返回家。

他們問她，在日本，近幾年來最受大眾矚目的事件有哪些；她實在沒什麼能力回答。她花了一整晚思考，隔天準備幾項題材去上課。憑著她斷斷續續的記憶，用她自己的方式，她談起「淺間山莊突發事件」。她跟大家一樣，從電視上看過一些相關畫面。還有大阪的萬國博覽會以及日本航空四七二號班機被劫持事件。但在這方面，她很清楚自己的資歷不夠。母親應該是在東京奧運前不久才懷上她的，她腦海中的記憶寥寥無幾，沒辦法追溯到一九六八或一九六九年以前的事。

田邊直子自認比較擅長跟他們談電視和她喜歡的節目，跟童謠一樣，他們對這些垂涎不已。當她提到素人歌唱大賽（のど自慢）這個節目時，正是冰雪開始消融的時期。空地上髒兮兮的積雪被陽光照出幾個洞。素人歌唱大賽：在日本，所有人都知道這項業餘歌唱比賽，她還記得這個節目來到她家鄉舉辦錄製的那天。那時她才不過六、七歲，剛好感冒了。不過，她依然堅持下床，裹著她的藍色棉被，縮成一團，讓媽媽抱到客廳，坐在已經打開的黑白電視機前。當她重溫那段無限溫暖的時光——母親小心翼翼地抱起她，把她輕輕放在沙發上，撫摸她的頭髮，替她拉上毛毯以免她受涼——她忽然有種墜入了遺忘深谷之感，從四面被框起的谷底，還能瞥見一方海藍燦爛的童年天空。彷彿那段記憶已存在她心中幾十年，彷彿她的母親早在很久以前便已離世……直子最錯愕的是，這段回憶其實不過是幾年前的事，她的母親照理說應該還活得好好的，反而是她，年紀輕輕，已在黃泉路上徘徊。至此第一次，她終於正視到自己的處境極可能會延續得比先前想像的更久許多。

是的，偶爾，她深信自己正在教一群殺手們唱童謠。這些穿著軍服的陌生人如此詳細爬梳一個國中女生的童年做什麼？如果，被關在船艙的時候，她能猜到他們綁架她是為了要她聊素人歌唱大賽……。他們應該會更喜歡聽日本的電影，不過，她沒有能力多講什麼，除了《哥吉拉》以外。還有寅次郎，當然。她看完了整套《男人真命苦》（男はつらいよ）。主角寅次郎是個生性樂觀雲遊四方的叫賣小販，她喜歡跟著他漫遊日本各地，看他回到葛飾區，聽他跟他妹妹和鄰居好友講一場場失戀的故事。至於電視方面，直子只能講述幾個節目，像是中午的Golden Show，帶點爵士風格的片頭音樂。還能告訴他們什麼呢？他們未曾在將所有日本孩童串連起來的電視默契下長大，不知道主持人金子辰雄的長相，而她總不能畫張圖給他們看。

在政治軍事大學授課的同時，一個星期一次，她也會被載到一幢豪華大宅院的大門前。豪宅裡，學生只有兩名，與她年紀相仿。他們事前花了很長的時間向她說明如何應對這兩位學生。直子只教初級日語的課程。課堂上的時間在愉快的心情下度過。有幾次，這兩位兄弟發現自己說錯之後便哈哈大笑起來。直子暫時忘卻應該無微不至地全面設想並謹守規矩，不由得被他們的笑聲感染。這兩位學生是誰？他們的父母應該是高官，職位非常高。自從踏上這塊陌生的土地之後，這是她第一次笑得這麼開心。上課氣氛很輕鬆，以至於，過了九或十個月後，直子壯起膽子請求他們：我會把我知道的一切都告訴你們，你們能不能幫我向你們的父母說情，可不可以把我送回我的國家？房間裡立刻鴉雀無聲。兩人臉色凝重起來。簡直像是氣溫驟降了好幾度。田邊直子繼續上課，卻已心如槁木死灰。她懊惱極了。不該這麼做的。從小就是這樣，在應該向父母親求情的時候，總被這樣的少一根筋搞砸。她覺得，這種少一根筋的笨拙彷彿深深印在她的DNA裡，洗刷不掉。而現在，又犯了。一而再再而三。她對自己氣憤不已。兩兄弟中的一人用特殊的目光看了她好幾眼，還掛著一絲慈父般的謎樣微笑，她從來沒在他臉上看過。就好像，從一開始上課以來，這是他第一次發現她存在。而當後來，田邊直子要離開時，他在走廊上遠遠叫住她。她轉過身，但只見他板起一張臉，嫌惡地搖搖手，改變了主意。

在政治軍事大學這邊，學生們開始針對時下最流行的歌曲提問，田邊直子跟他們講了一些團體和歌星，他們從來沒聽過，宛如她是在地球不為人知的那一面渡過了童年。她的童年……童年時期，她已是個前衛的小孩……她沒辦法讓他們聽倍賞千惠子（Chieko Baisho），唱片都留在她家，她的房間裡，對著後院的房間，那座小花園……她頂多只能哼唱曲調和努力回想出的零星歌詞；或者敘述音樂團體「藍彗星」（Blue Comets，ブルー コメッツ）那五個「風雲男孩」的生平，還有他們的配上亮色鈕釦的紅西裝。或者老虎樂團（The Tigers）和他們的單曲《Smile for me》：她經常在從中學回家的路上哼唱，如今有如某種預兆：

悲傷一刻（*One moment of sadness*）
為你帶來歡樂（*Brings you gladness…*）
你將學會（*And you will learn*）
當我遠走（*While I'm away*）

你必須祈禱我歸來（*You must pray for my return*）

由於他們對數算這件事非常癡迷，直子便帶他們反覆練習如何解決生活中會遇到的千百種說法。她始終不懂為什麼他們要對數字如此永不厭倦。整整好幾個小時，她請他們用最快的速度說出翻譯：五隻熊、五隻老鷹、五隻老鼠、五只襪子，諸如此類。因為，跟韓文一樣，依據所屬的名詞，數字最後一個音節的發音會跟著改變。

說了這麼多種狀況之後，田邊直子有種母語庫存被掏空的感覺，她的童年亦然。一切讓人相信她所見證的是一個遙遠的星球，為了進行某些民族學的研究，她被從那個星球抓走，而且將如此一生，到死為止。確實就是這樣，田邊直子逐漸消失在他們之中：她輸出的是她自己——注入到他們身上的是她的回憶和她的往日時光，字詞、名稱、事件的輸出。以後，等學生們變成一個個田邊直子之後，她本人便將衰竭枯萎。那即是她的終日。

四季更迭。有時，直子又興起在課程中塞入大量錯誤的念頭，灌輸一種古怪滑稽的說法，如同一顆未爆彈，日後將這些傢伙的人生炸得四分五裂。不過，她禁止自己這麼想，以便守護那無法澆熄的希望火苗：被遣送回家。回到童年。

夜裡，透過看不見的煙囪，回憶的塵埃紛紛冒出，沉落她的夢境之中。一天早晨，在學生面前高歌「三百六十五步進行曲」（三百六十五歩のマーチ）之後，她彷彿又見到新潟表姊妹們的臉龐；她們陪她一起看水前寺清子在電視上演唱的場景裡歷歷在目。噢！那個星期天，她突然覺得已恐怖地變得遙不可及……

然後，對某些學生而言，課程結束了。其中包含偶爾對她友善微笑的那個年輕女子。最後那堂課上完，離開教室時，直子特意從她身旁經過，低聲告訴她：您們所知道的我其實不叫這個名字。我的名字不是孝順，而是直子。她期待對方點頭，也把自己的名字告訴她，但得到的回應只有沉默。

又過了幾個月呢？直子難以計量生活時間的刻度。她在一位女指導員陪同下，去大同郡採買。以前她常和英任一起來這裡的外匯商店。這時，她相信自己看到好友走了進來。她立刻轉頭望向女指導員，指導員點頭表示同意。靠近之後，直子發現英任懷裡抱著一個熟睡的嬰孩，她的美國丈夫跟在後面。女指導員就在不遠處監看，所以兩個年輕女人只能聊聊孩子——四個月大，是個女娃娃，取名恩玉。要不是女指導員監聽著她們的談話，她們本來可以晚一點再採買，先一起找間咖啡廳坐下。本來可以彼此交換地址，發誓許諾一定要再見。但這些都不可能，更何況，哪裡去找咖啡廳？

直子感到女指導員暗暗捏了她的手臂一把。說再見時，英任月亮般的臉上掛著燦爛的笑容。她很幸福，直子心想。她們許願偶然能再次讓兩人見面，也許就在這附近的某個櫃台前。在這家韓國人不會貿然進來的商店裡，中國糖果旁邊擺著炒鍋和東德刀具。小恩玉嚶嚶哭了起來，隨後發出一聲尖叫，用這種方式宣告他們一家人準備啟程離開。直子目送他們離去。美國人一隻手溫柔地搭在妻子的肩上，另一隻手裡，則提著那只羽球袋。

*

第二部

兩球冰淇淋，終生的遺憾

轉身背對她的同時，我想我等於關上了門把她鎖進了牢裡。有一天我能再見到她嗎？如果真有可能，那必然會發生在這樣一間商店，匆匆忙忙地，趁著他們允許的幾分鐘空檔……當初我們住在同一座屋簷下，各用來到這個國家時他們給我們取的名字，我叫英任，她是孝順。我真恨自己從來不敢，悄悄地，跟她談我的事，甚至從來沒低聲說出我的真實姓名。我多想讓她知道我是誰：岡田節子。但光是想到恐怕會被監管我們的女指導員抓到，或者被隱藏麥克風側錄，我就怕得沒辦法。在老家的時候，我就曾經落入那種告密小人手裡，總疑心這種害蟲難道沒生出一堆徒子徒孫。孝順這個人，即使別無他法，只能用她的羽球袋擺明事實，我也很快就發現她的真實身份。球袋上本來用麥克筆寫著「田邊直子」，後來仁淑要求她擦掉。因為這樣，我有幾次不小心說溜了嘴。當我喊她「直子」時，仁淑總裝作什麼也沒聽到。直子是不是很感激我？她也很快就學會假裝漠不關心。我們活在一則虛構故事裡。用場面上的名字互相稱呼，完全不知道對方怎麼會出現在這裡。一切皆只是未曾比對印證過的估算，假設。

直子一度想抱抱娃娃，恩玉被她笨拙的動作驚醒，剛才重新進入夢鄉。不知是什麼神秘原因，睡著的她出奇沉重，儘管她只有那麼一丁點重量。怎麼樣才能讓她的體重稍微增加一點？走在路上，感受著她的呼吸和小小熱熱的身軀壓在我的胸前，沒有什麼能給我更大的安慰。

吉姆打斷我的思緒，指著上個月缺貨的產品。妳覺得呢？有鹽巴！還有麵條！他應該知道我剛才心不在焉。我轉身面對他。噢！吉姆！我真希望他的表情永遠凝結在這一刻。這個表情讓我想起，來到他家那天，他緊皺濃眉下的那雙好奇的眼睛。那個時候，他不曉得「送來給他的」會是什麼樣的女人，老早站在門口等候。吉姆，別動；我在兩排貨架之間對他說：

害我動也不敢動，不知道她腦袋裡又在想什麼

「你這個擔心的表情跟他們載我到你家那天一模一樣，下著大雨那天，吉姆……」

我怎麼會不記得！這是我在一年之內收到的第三個「廚娘」，而都已經三個了，我心想……我有充分的理由害怕最糟的狀況，尤其是經歷前兩次的怪象之後……關於新來的這位，他們什麼也沒告訴我，我本來等著他們從同一批差不多沒救的瘋女人裡再挑一個送來：我知道他們可以去什麼樣的瘋人院碰運氣……

他們只告訴我他是美國人，這讓我更加好奇，同時也更加害怕，畢竟，在這裡，所有來自美國的一切都被憎恨。但我已經習慣不再提問。通常得到的答案都跟我的問題毫無關聯。傾盆大雨中，司機花了不少時間才找到岔路口，

遠遠地，有件事引起我注意。跟先前的不一樣。我說的是車。這一次，開來的完全不是平常那輛中國老爺車，換成了一輛蘇聯黑頭車；儘管雨下得很大，還是辨認得出來。這讓我安心了些。這一次，你終於有資格拿上等貨，再也不是不知道會是第幾號的劣質品——我說的是廚娘。

……然後，車子就在那裡陷入泥沼。屋子就在我們眼前。我們的後輪往車隊的第二輛車噴濺大量泥巴，弄得那輛車的雨刷再也刷不動擋風玻璃。車輪轉了半天的結果，只不過是把壓痕挖得更深。

黑頭車停了下來，我疑惑了一陣，不知道他們在裡面搞什麼鬼，都不出來。後來，我聽見引擎愈來愈沒力，輪胎打滑，到處噴泥。過了一會兒，好像鯊魚張開側腮似的，車門開了，三個戴帽子的手下從裡面跳出來。其中一人扶那女人下車，她是最後一個蹚進這灘渾水的人。

我有雨傘遮蔽，但一點用也沒有。大雨斜飛，幾乎正面打來。我糊里糊塗，滿腦子只有腳上的鞋子——一雙高跟鞋……我這是怎麼了？打扮得花枝招展，還穿上這麼雙鞋，多蠢的女人……

那些傢伙中的一個扶著她走，因為她看起來踉踉蹌蹌。畫面慘不忍睹。然而，她逐漸朝這裡走近之後，我才發現她有多麼年輕，而且漂亮。多麼不一樣……

美國人站在門口。以白人來說身材算矮，顯然比我年紀大很多。在我生長的島上，遇見白人的機會少之又少。這個人一點也不帥，不過看上去憨厚老實，緊張不安，而且害羞，這點讓我安心。

他的韓語說得怪腔怪調，儘管程度比我好得多。雙方介紹完之後，他們就把我留在那裡，還有我濕淋淋的行李。一切就這麼開始了，在一個雨下不停的日子，面對著不知道該說什麼的他。

多麼迷人！這個小小的女人，是個廚娘？這個人，來我家？所以生命還能安排這種規模的驚喜來到這間破房子，這個讓我枯坐多年的地方……然後，不，我對自己說。這應該是個陷阱。別上當，吉姆。她一定是他們的人，是派來害你的。保持距離為妙。

他很尊重我。他並沒有想要趁機佔便宜，只把我安置在專屬於我的房間，默默放下我還滴著水的行李，然後對我說：嗯，這裡是上一任住的地方，希望您喜歡。

她的行李裡一定有一台錄音機，趁我不備錄下我說的話，而且誰知道還有什麼，畢竟，他們一直想監視我。我很快就發現她說得一口跛腳韓語，口音難聽得要死，逼得我終於問她到底打從哪裡來。真是天殺的！從日本？！沒想到會是這個答案……我接下來的問題讓她非常為難：「您是那些被綁架來的日本人中的一個？」

那時我好怕他家裡架設了隱藏麥克風，趕快比手勢要他閉嘴，或者放低聲量。然後，是的，我點頭表示。

眼見她如此驚慌，我一下子卸下了心防，改變了語氣，因為我知道她說的是真話。日本人！被綁架來的！

「節子，妳在發什麼呆？我在跟妳說話，妳卻都沒回應。我想快點把該買的東西買完。」

這一整天，我覺得自己魂不守舍，沉浸在回憶之中，有時痛苦，有時愉悅，就像站在水溫瞬間說變就變的蓮蓬頭下。在回家的路上，甚至在我們家裡，吉姆糾正了我好幾次，因為我的回答牛頭不對馬嘴，要不然就是遲遲沒有回應。後來，他發現我在看我們的結婚照片，態度軟化了下來。我覺得這些照片彷彿年代久遠得不得了。或許因為是黑白照片的關係。大部分影像的背景都是大領導的雕像，我們事先在他腳下擺了一束花。我穿戴著韓國的傳統服飾，還別著肖像胸針，也是大領導的側臉。在團體照上，可以認出比爾、理察還有比爾的摩洛哥太太艾莎、以及美麗又瘦弱的斯拉夫女子伊蓮娜，伊蓮娜・安奈斯庫，那時理察才剛認識她。縮在後方的，直子，有點模糊，彷彿她本人想盡了辦法要把自己給抹去似的。

最後一張照片是在晚餐時照的。菜單有豆腐、章魚和年糕：我們總算弄得挺有模有樣。不過那個時期已經過去了。那時還不至於什麼都缺……在這張照片上也是，直子顯得低調退縮，若有所思……那她呢？她是否已經明白她被綁架的真正原因？我對自己的情況仍不清楚。情報員不可能只為了把我送給一個美國人當廚娘或新娘，特地渡海，把我扔進一個痲袋，載我來到這裡。我的神智堅決反抗如此荒謬之事，導致我現在，躺在吉姆身邊，卻無法入睡。其實永遠不該問自己為什麼。而且，在這裡，這是一個永遠不會聽見的字眼。

還是別再遇見直子比較好。我們短暫的重逢動搖了我的記憶，大批回憶和情緒整個鬆脫，崩落。那是一場過往時光的雪崩。最初的幾個星期，我害羞，吉姆害羞，我們的矜持，面對幸福的曙光時，那種感覺既尷尬又有罪惡感，因為我不斷想到母親，掛念她的命運。然後，第一個吻，決定結婚。如同當時，今夜，我無法入睡。

「發生了什麼事，節子？妳身體不舒服嗎？怎麼動個不停？」

「我沒辦法闔上眼睛……自從再見到她之後，我就覺得自己變得很奇怪。她那麼孤單。現在，她知道我有了個孩子之後，應該更痛苦了。而且，她還那麼年輕。那時我大吃一驚。直子非常年輕，雖說我的年紀也並沒有比她大很多。我大她七歲。她親切地喊我『姐』。你知道，那時我們住在一起。我們之間唯一敢說的日文只有這個字。」

「妳們都很年輕，那又怎麼樣？」

「有一件事我沒告訴你。是關於我母親的事。我已經跟你說過那些傢伙是怎麼撲到我們身上，把我們捆綁起來的。他們把我扔進一只大麻袋，我沒辦法看到後續發展。我再也聽不見母親的聲音，再也沒辦法吶喊……橋下有一條河，大海距離不遠。其中一個傢伙把我扛上肩，放到一艘快艇上，隨即出發。我之所以不敢驚慌，只因為一件事：想到我母親。我想知道她是不是也在快艇上，還是已經被他們丟在路邊。他們是不是想加害於我們？想對我做什麼？過了一陣子，快艇的馬達逐漸慢了下來。我們的船正在靠近某種東西。那些傢伙說著外國話（當時，我心想那要不是韓語就是中國話），又把我扛到別的地方。由於從麻袋縫隙透進來的光線太微弱，我以為我們進入了一座山洞或什麼建築裡。事實上，我們剛深入一艘更大許多的輪船船腹。他們把我抬到一間艙房，把我從麻袋拖出來。第一次，我看見了他們的正臉。僅僅一瞬間。很快地，我就被獨自一人關在漆黑的艙房中，只能盡量伸長耳朵側聽。有那麼一會兒，我聽見好幾個人說話的聲音，音量很小，透過語調，我聽出有人在說日語。但是完全不可能聽出他在說什麼。是誰在說話？這件事我直到現在才跟你說，這是因為以前我沒把它看得多麼重要。我還不知道我們正往韓國前進，也不知道那些傢伙是北韓人……後來，他們允許我登上甲板，明確告訴我：他們把媽媽綑綁起來，留在岸上，我信了他們。但這次再見到直子，我突然領悟了。我知道他們當初騙了我。我直覺深信，他們沒有把媽媽留在日本岸上。他們只找年輕人下手，像直子和我這種，可以很快學會他們的語言，適應生活，協助訓練間諜和其他各種我不清楚的目的；或許把我們也訓練成間諜。這麼看來，我母親對他們來說太老了。」

「他們大概是用棍子打昏了她，把她丟在道路邊坡，靠河的地方。」

「一開始，我也這麼以為。後來，我忽然記起船上聽到的日語交談內容。我很確定，他們把她和我一起載上了船。把人從麻袋拖出來後，他們應該發現她年紀太大。後來，當我登上甲板，那些隊員彼此只說韓語。那麼，先前如果不是跟她說話，他們需要對誰說日語呢？」

「所以，照妳的看法，他們對她做了什麼？」

「他們把她丟進海裡了，吉姆。」

*

總算，他們允許我登上甲板，遠離艙底的汽油味和轟隆巨響，呼吸一點新鮮空氣。他們說我們明天就會抵達。抵達哪裡？三緘其口。船上整整有十五個男人。日語說得最好的那人向我保證，我會被好好對待，不需要擔心。有那麼一刻，遠方的海平面上出現一艘船，他們急忙把我押回艙底，重新塞住我的嘴，直到警報解除。

隔天早上，他們押著我在一個港口下船，不見媽媽人影。從看板上的文字來看，從未踏上外國土地的我，我曉得我來到了韓國。南韓？北韓？巨型看板讓我想起曾在電視上看過的北韓形象。我被告知，下午近傍晚時，我將在船上兩名成員的陪同下搭乘火車。他們是些殷勤有禮的人，眼神有點閃躲，只在沉默許久之後，才回答我的問題。

那個港口的名稱是清津。等火車的時候，他們不知道該拿我怎麼辦，於是建議我去海邊走走。沙灘上，幾個當地居民捲起褲管，撿拾著貝類。被扔進一只麻布袋之後過了四十多個小時，我又開始採收蛤蜊，聞著退潮的海鹹味，以及難以忍受的濕熱。他們給了我一把小鏟子和一支耙釘，用來挖沙和收集貝類，撿到之後我便扔進一個水桶裡。我無法抑制淚水。這些蛤蜊，跟我一模一樣，以為自己躲在沙粒的遮蔽下安全無虞，安逸的日子卻被猛然剝奪。

我的新生活在八月中旬低沉陰鬱的天空下，一座鋪滿殘骸碎屑的沙灘上展開。在那裡，我可以自由地打著赤腳走路，想走多遠就走多遠。不過，走遠又有什麼用？我身上既沒錢也沒有證件，對他們的語言一個字也不認識，又能去哪裡？在火車裡，我得到自己獨佔一個廂房的待遇。從車窗望去，夜色籠罩這個車站月台上荒蕪人煙的國家。在那個時候，我仍深信自己只是短暫被俘虜。他們遲早會拿我去另一個陣營交換某個囚犯；這麼一想，我整個人從心底平靜了下來。而且，我總容易認為：凡不是我們所能決定的事，就不必看得太嚴重。

連一秒也沒有，他們竟然不擔心我會拉下車窗，跳入漆黑的夜裡。一大清早，到了首都，有輛汽車等著我們。接下來的日子裡，近期即將被釋放的念頭受到嚴峻的挑戰。我進入了一個介於惡夢與現實的灰色地帶，十分驚訝就在離我生長的島幾小時船程的地方，存在這樣一個國家。

現在，無論我左側還是右躺，睡神都不來光顧，我不禁自問，當初，我是怎麼撐過來的。當初！這種講法彷彿說的是久遠的古早歲月，彷彿，在這裡，時間流逝的速度人人不一。吉姆已經睡著了。我真羨慕他能睡得宛如嬰孩……的確，他比我早很多年來到地球被隱蔽起來的這一面。再也沒有什麼事能令他驚訝。

起初，他們替我換了好幾處住所。我根本無事可做，而且被禁止出門。我的命運將交由誰來決定？他們在期盼什麼？我只能再三咀嚼各種悲觀的念頭……被綁架那天，從佐渡島，母親和我有兩條回家的路線可供選擇。在我的堅持之下，我們選橋頭那條路，因為我想繞個彎經過賣冰的攤子。小時候，媽媽常說我總有一天會敗在這張貪吃的嘴上，果真沒錯……但她不知道這張嘴會連她也一起敗掉。那天她還必須打掃廚房，準備晚餐，原本希望避免繞路；但我一直堅持，直到她讓步為止。如果我放下己見聽從她，我們就會選比較快那條路，也不會被綁架了。

他們為什麼那麼經常更換我的住所？我才好不容易習慣一個地方，習慣那個地方的光與影，他們就把我載到別的地方，永遠在這個我只能透過車窗玻璃看見的城市邊緣。一段段車程中，沿途皆可見到同一個男人的肖像：滿面紅光，笑嘻嘻的，戴著眼鏡，看起來彷彿專門在嘲笑我。他是誰？他們的神嗎？他們的領導人？我身上一張父母或家裡房子的照片也沒有，格外難過。如果我能將它們貼身攜帶，一切似乎會輕鬆些。我曾害怕從此家人的長相逐漸被抹去，我們家裡的各個角落細節一點一滴地模糊。我擔心記憶染上痲瘋病一般的惡疾，怕我的過去比我更早化為塵埃。

一天，他們來找我，要我準備不知第幾次的搬家。在我進駐的公寓裡還住著另外兩個人，這樣反而叫人鬆了一口氣。較年長的那位我不喜歡。我很早就弄清楚她扮演著什麼角色。至於另一人……我並不孤單，在那個時候，我只這麼告訴自己。所以，被綁架並被帶到冥河的另一岸的人，並不是只有我一個……她年紀還好小啊！他們怎麼可以……我默默感謝看守我的獄卒，他們把我跟她聚在一塊兒。看到我來，她顯得很高興。

我很快就明白，這個女孩的任務是加速我的韓語學習。同時，我們必須反覆背誦主義教條，直到熟記在心，隔天還能反芻出來，一字不差。我的表現不如人意。沒什麼好驚訝的：我在學校的表現從來都不如人意。我只心急一件事，趕快就業，當上護士，這樣就能幫助人們減輕痛苦。遠離那個總把我視為庸才的智力世界……即使我歹命的室友不斷鼓勵我，我還是跟不上。每當我出錯重來，崩潰的總是她，容易一下子陷入焦慮，淚水潰堤。我甚至無法用簡單的話語安慰她，因為女指導員時時夾在我們之間，而且我懷疑，如果我對直子過度敞開心胸，他們會把我們分開。所以，這算是一座什麼樣的監獄？守衛滲透囚犯的作息，甚至一起住進牢房，就為了監聽他們的交談。直子和我，我們沒有任何私人對話。偶爾，她趁著開「總和」(Chonghwa)會議*的時候，暗中傳遞訊息給我。直子，她真的很細心又聰明。她一面轉身對著我們的女指導員和常駐幹部認錯，一面試著對我透露與她過往相關的訊息：「我太經常回想自己在新潟的童年，心不在焉，沒有專心學習韓文。」

……月光從窗外照進來。我細細觀看這一方蒼白微光，在它之上，銀河閃爍。他們禁止我掛窗簾，然而，稍遠路邊那些房子的鄰居們都有好漂亮的繡花窗簾。多虧直子，我明白不是只有自己被綁架。我們總共會有多少人呢？十個左右？還是更多？也許從日本抓來的只有我們兩個。

我起身去看動來動去的恩玉有沒有把被子踢掉。果然不出我所料：她把藍色毯子踢到腳邊了。才四個月大的小生命……在這裡，一個小孩確定能存活的歲數，大約是多少？要找到奶粉是如此困難。

我們的床上，吉姆翻了個身。跟月亮一樣，他有明朗的一面，也有陰暗的一面。即使睡著了，他看起來還是很疲憊。對任何風吹草動保持警戒。

* 團體自我檢討課程。「被綁架的人質們」跟所有人一樣，每週都要練習；不過，他們與其他人民區隔開來，在他們的指導員和黨幹部監督下進行。

現在，我好餓。我進廚房裡給自己切了一塊大棗糕。月光照亮餐桌中央那顆南瓜的半邊。然後我又回床上躺下。我一面等待睡神光顧，一面整理明天要做的事，並且排好順序：

「到附近採蘋果，假如樹上還有剩的話；要不然去買幾顆，假如架上還有剩的話。

準備芝麻焦糖馬鈴薯，慶祝吉姆的生日。這道料理所需要的材料，我都有。在這附近，重要場合的時刻，人們喜歡吃『甜肉』(dangogi)，但吉姆不想聽到餐盤裡有關於狗的東西。」

吉姆，我可憐的吉姆。明天就四十一歲了。在這裡即將過滿二十年。

*

賽科克（一）

雨下個不停，已連續十天；我的腰痛得要命。這麼多雨，我這輩子從來沒見過，更何況，還是緊接在乾旱了好幾個月之後……上個星期，運送民生物資的卡車沒辦法開進我們這裡。節子和孩子們今天早上進城去了，希望能領到配糧：最近，配給的量也愈來愈少了。由於腰痛，我無法走遠路，只好待在家裡等他們。遍處各地，人們都有同樣的問題：填飽肚子。這不是什麼新鮮事，但情況愈來愈糟。現在，所有人都餓著肚皮。聽說，還有全家都餓死的例子。在這裡，我不敢相信真有這種事。我擔心孩子們，還有未來等著我們的漫漫歲月。我自己倒是無所謂。慢慢地，我的人生逐漸步入過去。

石俊即將八歲，恩玉呢，剛滿十歲又幾天。再過六個月，我來到北韓這個爛透了的地區就滿三十年了。自從，為了跨年，我們在軍官食堂辦了那場小小的慶祝活動以來，三十年。我的記憶清楚得讓自己害怕：就在那個時候，一切變了調。所有的一切仍歷歷在目……

我在軍官食堂裡，大家正喝著啤酒。氣氛非常歡樂。然而卻有一個人獨踞一角。這不像他的作風，他是喜歡熱鬧的那種個性。那是一個叫泰德．威廉斯的行政官。我問他為什麼不加入我們，是不是遇到什麼困難？我要是你，我就笑不出來，也不會在新年的時候喝這麼多，他總算開口對我說。這件事你自己知道就好，吉姆。一言為定？什麼都還不確定，不過已經開始籌備了：軍隊改組。

泰德跟我才剛熟識不久，起因是發現我們都來自南卡羅萊納州的同一個郡，費爾菲爾德（Fairfield）。我們各自在彼此相隔十五公里的地方長大，他在溫斯伯勒鎮（Winnsboro），出生富裕；我則住在鄉下。

「為了這次的改組，」他繼續說，「你的單位將轉調南越。不知道什麼時候出發。」

我頓時酒醒。可惡……死在越共的手裡……最近這段時間，我太常聽說他們的事蹟。叢林，無止無境的雨，與世隔絕。即使距離前線很遠，越共的游擊隊也能趁你睡著的時候發動突擊……我的想像一發不可收拾。

應該說我們運氣好，駐防的地點設置在非軍事區（DMZ）*邊界。我們每週一次執行夜間巡邏的任務，沒有任何重大危險。大約兩週的時間裡，我們從瞭望塔上監看對面的世界。總之，上個星期，我們整週都在接受辛苦又反覆單調的訓練，整個人都被掏空了。然後新的一回合又開始，與前一回合一模一樣。這種十分講求體力的日常，我其實並不討厭……

＊原註：「Zone démilitarisée」，寬達幾公里的無人區（no man's land），分隔南北兩韓，大致沿著北緯三十八度線設置。

幾天後，我又找到一個理由來告訴自己：這種密集訓練恐怕很快就要結束了。帕里胥中尉暗中邀了我幾次，要我帶著手下們參加所謂的「死者巡邏」：白天進入無人區探險，使你曝露在對面的瞭望塔視線範圍中；儘管，夜裡，要不被發現很簡單。大白天裡，挑釁頻繁，經常擦槍走火。未經歷史學者納入登記的迷你戰爭，只持續幾分鐘。通常的狀況是，死傷者的屍體整天臥倒原地，直到有人趁著夜黑，冒險清運。就目前而言，還只能算是建議；中尉讓我明白：「如果你們自願參加，就可以選擇要執行幾次日間巡邏。如果相反地，等到上校下令，那你們就逃不掉了，必須經常出任務。」我裝作沒聽見，但他死纏爛打。我真的很喜歡待在韓國這個地方，監看一場差不多已經熄火的戰爭；而那另一場衝突，我軍傷亡動輒數以百計，我一想到就心慌意亂。

又過了好幾個星期。在我們的軍營，前往越南的風聲來得快去得也快。我盡量讓自己安心。後來，這個風聲忽然膨脹到了極點。我逐漸比平常喝得多些，對自己實在沒什麼信心。而且中尉又開始對我施壓……我覺得自己快瘋了。我瞧不起我自己。你那無恥的恐懼，還有膽小如鼠的想像，使你矮化成奴隸，我的良知對我說。你在裝什麼英雄！還敢說你是志願軍！……我從來沒把自己看得多麼有份量，不過這下子，可說是連一點點份量都被消除殆盡。

有一天，我得知確實有另一個單位確實即將出發前往越南。至於我的所屬單位，泰德·威廉斯依然支吾其詞。不過，既然他都告訴我了，有一件事已經確定：你將在下一批的名單中。下一批……什麼時候走？我被困在兩種恐怖之間，苦尋解脫的方法。潛逃到南韓某個地方並無濟於事。少數的幾個白人逃兵全部都很快就被找到，而且，每一起個案最後都以軍事法庭作收。還不如死在越南的叢林裡……

在那些時候，「我的那個」念頭一波又一波地湧上。每一次都將恐懼逼退，不能說沒有一點作用。這個念頭將恐懼馴服了好一段時間。想法內容愈具體，我就愈平靜，對它也更加有信心。對呀，解答就在那裡，在我對面那個地方……逃吧，勇往直前，逃向他們要我監看的邊界線！我曾聽說一個發生在兩德邊界的類似案例。一個美國大兵設計好一切，讓自己被對面敵營俘虜。不如我也來仿效他吧？接下來，北邊那些人會把我送到他們的蘇俄盟國。蘇聯那邊可以把我當成貨幣，很可能用來交換一個他們的間諜……被東德抓到的那個傢伙最後就是這樣。在俄軍把我交還給美國的時候，我會解釋說我在一次巡邏之中迷路，闖進了非軍事區，被抓走關起來。就這麼簡單。我怎麼沒有早點想到呢？而等我回到美國，我的單位應該早就去了越南……

現在只要等到明晚，輪我當班指揮巡邏任務——根據輪值表的記錄，是一九六六年二月十七日到十八日那一夜。

出發之前幾個小時，我寄了一封信給我可憐的母親。我把我的意圖告訴了她，請她相信我，不要擔心。如果一切如我盤算所料，我近期就能回家，不會落得兩腳一伸，被裝進松木棺材運返。我拜託她千萬別告訴任何人，就連其他家人也別說。

把信投入郵筒那一刻，我突然感到一陣暈眩。人在一生之中並不常寄出這樣的信。假如事情的發展不如我的預期怎麼辦？當然，放棄還來得及。但是，寄出那封信的同時，我已經牽動了某些事。若我打電話給老媽要她一收到信就直接燒掉，先不要讀，說不定反而會害自己毀於一旦。

我不會這麼做的。

去巡邏以前，我已經不少啤酒下肚。七、八、九瓶連續灌下……午夜十二點過後，我們出發上路，天寒地凍。刺骨的冷空氣使我漸漸酒醒，但孤注一擲的念頭依然令我亢奮不已。我藉口聽到奇怪雜響，想確認路上是否安全無虞，脫離了巡邏隊。離開之後，我鑽入樹林，從口袋中掏出指南針。幾個折返轉彎之後，我朝北方直直前進。大雪紛飛，我的腳印恐怕會洩露我的行蹤。我的那些同袍，等他們來找我的時候，或許會發現，我獨自一人，朝北直行，所以並沒有被俘虜。可惡的雪！除非大片大片的雪花再持續飛落一段時間，用上天的正義來替我「洗白」……

走在谷底的小徑上，隨時有可能踩到一顆反步兵地雷，於是我沿著荊棘邊緣或山坡壁前進。雪勢依然很大，我心想，老天爺也站在我這邊。祂在我後面清掃，抹去腳印……最近這些時日，我經常祈禱，尤其在那些失眠的時刻。

走了一會兒之後，我把我的M14步槍丟在雪地上，直直向前。到了這時候，我已不能回頭。對面那些人即將發現我。我突然害怕被遠距射殺，即使暴風雪還能替我擋一下……很快地，我瞥見一道模糊的亮光，辨識出瞭望台的輪廓。總算到了，我的上帝……由於執勤那名軍人的外套拉高到連眼睛都遮住，他沒看見我雙手高舉，朝他走來……探照燈沒有打在我身上，反正，雪下得這麼大……我必須開口大喊，讓那個小兵摸黑來找我。好了，他看見我了。大概是把我當成了個外星人了吧……他一口氣從瞭望台奔下。大雪紛飛如蜂群，大片雪花有如聖體麵餅，懸浮空中，環住我的膽怯。一支探照燈在茫茫大雪中發現了我的位置，很快地，十幾個傢伙一致用槍指著我。沒有一個聽得懂我慢慢說出的任何字句。我瑟瑟發抖。他們大吼大叫，比手勢要我往前，把我雙手反綁，關進一間營房。萬一他們不相信我打算講的故事呢？萬一他們把我當成間諜，直接把我槍斃呢？我又冷，又餓，又害怕。

中午剛過不久，一輛吉普車在門口急停。兩個保衛部*的人下車，審訊我好幾個小時。由於一切都要經過口譯的篩濾，根本沒完沒了。然後，我終於得到一張床墊可躺，很快就呼呼大睡，禁閉在空空如也的四面牆中，對隔天會發生什麼一無所知。

他們讓我在那裡無所事事地蹲了整整三天，什麼人也沒見，除了負責每天給我端來一碗玉米粥和泡菜的傳令兵以外。火爐根本不夠熱。我把床墊鋪在地板下方有溫水管經過的角落。從審問我的方式看來（他們絲毫沒有對我動粗），我認為計畫如預期般順利。我只擔心一件事：我的足跡。也許，潛逃之前，我耐心再多等幾個星期會比較好，等雪融化。只不過，在前往越南和死者巡邏的雙重威脅下，我能等到別的機會嗎？

* 北韓政府的安全情報單位。

他們把我運到別的地方。天氣轉暖，雪已融光。夜裡，在夢中，我眼見我的腳印消失，在我踩過的土地上，長出小草，盛開黑色的花朵。

我在寺洞*的一間屋子裡枯坐了好幾個星期。在密密麻麻的黃種人群中，我是唯一的美國人。街道上，擴音器從早到晚播放各種口號，我一點也聽不懂。我的屋子四周圍牆高達三、四公尺，所以我完全看不到外面的世界。屋門口，幾個傢伙輪流站崗，嚴密監視。我心灰意冷。上帝大概已把我遺忘。我被困在這裡，彷彿魯賓遜。我的身邊都是一些愛吼來吼去的傢伙，不知道他們在大聲什麼。《魯賓遜漂流記》！回想這本書，我這輩子就只讀過這本書，在我覺得快被逼瘋的時刻，給了我不可思議的幫助……在我逐漸明白他們不會把我送往蘇聯的那些日子裡，我又想起遭遇船難的魯賓遜，在岸上生起火，希望能有艘船看見。這一段，我是做夢夢到的還是真的從書裡讀到的？不重要。我在腦子裡重寫了他的人生，驚訝我從這顆在學校裡什麼也沒學到的笨腦袋還能擠出這麼多料。這個紙上人物代替我受苦，比我更早幾步受苦。他的發明頭腦，他的勇氣，他的耐心給了我啟示。他走在我前面，替我開墾人生。

我不知道要過多久他們才會來找我。口譯告訴我，美國逃兵都被集中管理，我將跟其他人一起住在一個叫做萬景臺的區域。其他逃兵！所以他們都還活著，那些近年來在非軍事區失蹤的人……

就在那一天，我認識了比爾・泰瑞森和理察・卡多納，兩個腦子燒壞掉的怪咖……特別是比爾，高高瘦瘦的，看起來健康不佳；而另一個則魁梧又傲慢，最令人受不了的是，總掛著一抹我怎麼看都不對勁的微笑。

我跟他們一起過了四年，關在一間冷颼颼的破房子裡，連自來水都沒有。我們都被掌控在一個替我們做飯的情報員手裡。四年……天長地久！我已經深信，我的命運就是跟這兩個魯蛇一起結束我的魯蛇人生。第三個魯蛇，艾爾，在我來之前幾個月死了。根據比爾的說法，他是個老好人，因為無法離開這個

* 原註：平壤的一個區域。

老鼠窩而絕望，一次心肌梗塞的老毛病慈悲地帶他脫離這個鬼地方。比爾提起他的時候，語氣中滿是遺憾。

這三個人逃兵的動機各自迥異，但共同點是尋求避開某項危險。漸漸地，我得知理察有打老婆的習慣，他逃兵是因為岳父威脅要殺他。至於比爾……說來話長。

這四年當中，我始終覺得失去了活下去的欲望，而且老得很快。每一天都有兩個傢伙過來教我們韓語。他們強迫我們反覆背誦他們政權的意識形態，《主體》的段落，直到我們能夠倒背如流為止。無論用英文還是韓文，我現在都還背得出來……沒辦法把那些句子塞進腦袋的人馬上就會受到處罰：被迫跪下，唸經般地唱誦一頁又一頁的整篇文字，連續好幾個小時。「主體思想建立一種革命性的理論，其主軸在於必須優先考量勞動大眾之存在的事實；主體思想建立一種革命性的策略和革命性的戰術，奠基於這群大眾所扮演的角色。」諸如此類。

像這樣的廢話，塞得我滿腦子都是。背錯一個字要挨幾下打？我是三人之中程度最差的。我怎麼樣就是記不起來。指導員要求我們，當他們不在的時候，我們要自己大聲複誦。卡多納負責監督我們大家，指正處罰。他動不動就給我們一拳。有一天，那個混蛋打得那麼使勁，竟把我給打昏了。我清醒過來之後，滿臉是血，而那個雜碎還在那邊笑……後來，比爾悄聲對我說：你知道，他別無選擇，根本由不得他。

對，他們成功地在果實裡塞入一條蟲。我們這個迷你美國圈從裡面開始腐爛。我們之間根本沒有同胞之情，除了比爾跟我之外，萬幸。我什麼話都能告訴他。

奇怪的是，儘管理察願意擔任管理我們的風紀股長，痛打我們，在某些層面，他又與我們站在同一陣線。沒有什麼想法比逃出這裡更令我們癡迷。在這件事上，他不會告密。絕無異議是至高原則。只要能離開這裡，他可以把心靈出賣給魔鬼。但有什麼辦法能離開？我們受到的監視那麼緊迫盯人。

做點什麼嘗試的機會終於出現了。罕見的連續大雨之後，城裡一大部分地區都泡在水裡。有好幾天的時間，這裡淪入平時難以想像的混亂。我們的住所位於城郊地勢較高的地方，逃過了一劫；但是，當洪水淹到危險的高度，我們的守衛全部出動，連忙去支援自己住在低窪地區的家人。那一天，我們的指導員沒空過來，我們得以自主管理行動；於是我們告訴自己：現在不做就永遠沒機會。試試看吧！

在那個時期，平壤沒有西方國家的大使館，就我所知沒有。曾有一個機會讓我發現規模龐大的蘇聯外交代表團，基地位於一棟遠遠望去讓人聯想到白宮的建築。我毫不費力地找到了那棟樓。北韓衛兵以為我們是俄國人，放我們進去。一個使館的傢伙前來接待，驚訝竟有美國人用尋求庇護來打擾他的工作……他耐心聽我們說。那個官員穿著白襯衫，是個還算順眼的傢伙。有人為我們端來上等的紅茶，請我們抽煙，完全不是韓國煙能比的品質。我們很高興能跟一個歐洲人說話，而且，到了這個階段，我又開始相信我最初的計畫終將成功：被送到蘇俄。我還加油添醋講了不少越戰的事，美國根本不該蹚渾水的一場鳥戰，諸如此類。他邊聽邊點頭，浮現一絲不以為然的微笑，彷彿在跟我說：好了，也不必太過頭了。

當然，他沒有權利作出決定，必須向在莫斯科的上級稟報。於是他請我們留在這間接待廳裡稍等。

我們三人之間的討論輕鬆了起來。理察總是一副什麼都很懂的樣子，他認為，接待我們的那個傢伙不是俄國人。長相特徵不符。根據他的說法，那人應該來自波羅的海，所以我們機會就更大了，他初步判斷。因為，那裡的人民只有受暴力強逼，驅逐出境，才會變成危險怪物。他自稱，很久以前，他曾經讀過關於這方面的東西：「森林弟兄」的故事，那些在一九四五年戰後，還埋伏在叢林裡好幾年的人們。比爾是我們之中最悲觀的，他覺得，那個傢伙不是俄國人這件事，還有待證明，但也不一定對我們有好處。至於我，跟平常一樣，我不知道該作何感想。我把一切交給上帝，如果祂的法力夠強，連共產國家也管得到的話。

總之，可能出生波羅的海地區的那位官員終於回來了，板著一張臉。我們立刻明白他的上級沒把事情想得和他一樣簡單。他幫不了我們任何事，有禮貌但十分堅持地，請我們永遠別再踏進他的使館一步。只要我們答應，他就不向韓方報告我們這次禮貌性的拜訪。

我們灰頭土臉，在街上隨處遊蕩。徹底被擊垮的我們，彷彿三個魯賓遜，將希望寄託在被船隻發現，卻眼看著那艘船消失在海平面後方。一切都完了。在那個當下，我深信我們將繼續枯坐四面空牆之中，繼續吵架到憎恨彼此，然後和好一下，直到下一次爭執發生；就這樣繼續互相扶持，深陷虎口之下，共渡恥辱餘生；重複同樣的動作——挑井水，老調重彈亂打屁，然後等待，悔不當初，抱怨個沒完。比爾和理察的失望之情不下於我。唯一可欣慰的是確定我們終於走投無路了。通往地獄的路已到盡頭。

我們錯了。終點還沒到，還遠得很。在我們闖入蘇聯領土的幾個月後，霉運再度找上門來：普韋布洛號事件。在遭到北方海軍勒令停船受檢之後，換句話說在北韓海域上，這艘美國海軍的船艦被押送到元山。那是一九六八年的事。船上所有人員皆被囚禁。在將近一年的時間中，船員們被扣押起來，不知道在什麼地方——也許只距離我們的木板屋幾公里。關於那起事件，我們知道得少之又少，僅有的一點點消息，等我們知道時早已發生了很久。我怕我們出事，擔心了整整幾個月，但又不太曉得到底怕出什麼事。也許，怕我們基本上還算「正常」的生活轉變成真正的牢獄之災。一如既往，理察對我嗤之以鼻：我們可跟金子一樣貴呢！膽小鬼！所以你真的什麼都不懂？必須畫張圖給你看才行嗎？那些北韓人永遠不會碰我們的！必要的時候，他們會很高興拿我們出去交涉，或者讓全世界看到：美國人寧願選擇到他們國家生活！

這就是我抓狂的原因。我怕哪一天被叫到被俘虜的船員面前，指派我當他們的翻譯。幸運的是，三人之中就屬我的韓文最蹩腳。萬一被普韋布洛號上的船員們看見，他們回去後一定會提起我。他們會描述我的長相。軍警會追蹤連結到我的失蹤案。我恐怕會變成為敵人宣傳的賣國賊，失去回美國的可能……現在，在軍方眼中，我應該被視為失蹤人口才對。於是我告訴自己：只要人家不曉得你變成了什麼樣子（假設那場暴風雪來得及消除我的腳印），你就還能寄望，總有一天，回美國去過正常的生活。

我經常發現，要事先猜想韓國人會做出什麼舉動有多麼困難。恰恰在聖誕節前，普韋布洛號的船員被釋放了。我鬆了一大口氣，同時又十分不甘心向理察認輸。那個傢伙，因自己腦滿腸肥，而且當上了看管囚犯一職，沾沾自喜。幸好，我還有可憐的比爾作伴，他連一隻蒼蠅也不願傷害，就算是共產國家的蒼蠅也不。

所以，普韋布洛號上的人離開了。魯賓遜．克魯索那個人物用了個說法來形容自己的處境，說自己是「沒有懸賞金的囚犯」。我現在就是這樣。我的國家對我已不抱指望。全世界沒有人在乎知道我變成了什麼樣子。遙遙地，我大概還存在母親的思念中吧！可憐的母親，我多想寫封信，或透過任何一點信號，給她安慰，告訴她：我還活在這亙古不變的地球上，想念她和其他家人。就連想念，他們也不准。即使我信上說我住在人間天堂，他們也不會認可。在他們眼中，情感是可疑的，他們只對他們的主體有感情。主體，主體！掛在他們嘴邊的只有這個字。

所以，不甘心，對，就某方面來說，我是不甘心。因為，如果我先前能跟普韋布洛號那些傢伙們接觸一下，也許有機會偷偷請他們傳個話給我媽。如果她還活著，今年已經七十一歲了。

*

賽科克（二）

身體力行，吸收並消化《主體》和韓語；耕種我們那一小塊地只求長出點蔬菜，許多年就這麼過去了。在冀望不知道什麼事和對一切絕望之中過去了。我期盼能有個新的美國逃兵過來；算是白等了。我們並不能感召他人。

有一天，他們決定把我們分開。說得確切些，他們把我和比爾分開，把比爾送到不知道什麼地方去了。理察和我，我們被安頓在面對面的兩間小屋裡，遠離市區，各自配有一名韓國廚娘。跟我那個廚娘一起住之後，很快就陷入地獄般的生活。她只有一個目的，而且沒得商榷：要我替她買到外國商店裡的產品，那是她進不去的地方。為達目標，她搬出各種狡猾手段，擺出各種姿態：

時而友善，時而威脅，時而撒嬌，時而大發脾氣。院子對面，理察的運氣並沒有比較好。我們常懷念三個人一起住的日子，那時我們天天爭吵，互相看不順眼，但只有一個廚師，他不會找麻煩。

對，我的廚娘，她堅持要我喊她的名字，秀林，根本是個害人精。她無時無刻不監視我。我去花園工作或去買補給品的時候，她便趁機翻我的東西。理察也抱怨他家的廚娘做出同樣的行為。想必她們還負責撰寫關於我們的報告。秀林偶爾會對我破口大罵。美國人殺了她的祖父母，她把所有怨恨都出在我頭上。另外有的時候，她試圖博得同情，說她離了婚，被她老公休掉，因為她沒能替他生個孩子。

過了一年，來了個新廚娘取代她的位子。她也一樣，心如蛇蠍，不可理喻。就在我怒火中燒，忍無可忍的時候，我們有一位高層指導員來訪——某個節慶假日，他不請自來，帶了一瓶白酒，跟理察一起吃午餐。我家新來的「煮飯婆」（cantinière）美浩不在，我只好親自下廚，準備所有餐點。飽餐一頓之後，好幾杯黃湯下肚的指導員突然問了我一個奇怪的問題：你為什麼從來不跟你的廚娘上床？

他怎麼會知道，又為什麼要問這些事？理察跟他的廚娘「有關係」，他有告訴我。但是這個目光高深莫測，領口髒兮兮的指導員，對我的私生活究竟知道多少？那不是一個單純的提問，而是責備。我心想：他喝了酒，所以比較性急，應該會就此打住。不過，冷靜下來之後，他又老話重提。我一個月做不到兩次的話，就不合格。氣氛火爆起來，我反駁說我愛怎麼樣就怎麼樣，跟女人，我寧願保持距離，更何況是討人厭的女人。面對我的魯莽，理察站在指導員那邊，威脅我，以至於，我根本控制不住自己，當面吥了他一口。他對我大罵髒話，狠狠揍我好幾拳。我的嘴唇破裂，鮮血直流。這頓過節聚餐是這麼結束的……整整半年的時間，我再也沒跟理察．卡多納說過半句話。為了平息這件事，我每天要多上一個小時的《主體》課。

就在那個時候，我的女僕不見了，他們告訴我，有一個新的廚娘要來。傾盆大雨中，我看著她抵達，高跟鞋踩在爛泥巴裡……那一天，我的人生展開了一段意想不到的篇章。她看起來那麼細緻，和其他女人完全不一樣！她是日本人，被綁架來的，岡田節子。他們要我們結婚？我很快就愛上了她。

噢，從那時起，美好的歲月即將展開……在一個天天夢想著能離開的國家裡，幸福不是一件容易的事，然而，現實中的我們確實如此。我們過得很好。我終於找到我的「星期五」，花了將近二十年的時間，比魯賓遜還久。

我們結婚後所住的屋子坐落於一個幽靜的地方，完全符合節子所說的：我們的「幸福船難」。那是一間韓屋（hanok，한옥）——一棟傳統土屋，奇蹟般地躲過了戰爭的摧殘，位在大首都圈的郊區。屋外的圍欄有一公尺高，替小小的前院和外面的世界稍做隔離。想進入住屋本身，要先經過一條下方架高，上面有頂的木製長廊（maru，마루），此處供我們脫放鞋子。出太陽的日子，孩子們喜歡在這裡跟貓玩耍，小徑盡頭，有一個長方形的水泥槽，配有水龍頭，他們可以泡在裡面玩水。然後，柵欄邊，兩個大泡菜缸，但我們從來沒有醃過。

在這一小塊庭院裡，我努力耕作，盡量讓蔬菜不短缺；我也種樹，結出的蘋果和棗子，節子經常拿來烤成派。女人啊，真奇怪……我的老婆被從她的小島上搶來，但我覺得她是快樂的。曬衣服的時候，她總哼著歌兒，一路唱過去，彷彿什麼事也沒發生過。我們的衣服隨風飄蕩，像是我們幸福的旗幟，平添幾許色彩：因為，除了梁柱以外，牆面整個全白……晚上，我坐在長椅上，看著孩子們在櫸樹下的兔籠邊餵兔子。我又有了屬於自己的時間。我真喜歡它，這棟韓屋；喜歡它粗糙的結構工法，還有那尾端翹起的灰色屋瓦！結束了，填鴨式的宣傳：比爾、理察和我，自從我們來到這裡之後，每天十小時的政治課程。想必他們認為我們已經夠韓化了。這倒也不完全是假。在家裡，我們說韓語。我嚴禁節子在孩子們面前說日語。他們始終不知道她當初是被綁架來的。我們非常害怕萬一他們在學校不小心說出她的來歷。在這裡，日本人是那麼地被厭惡……

夏天裡，太陽下山時，我就坐在木長廊上，靠近筆柿樹，什麼也不做。那棵樹到了秋天會結好吃的柿子。我心想，我的厄運算是不幸中的大幸。如果現在有人宣佈我可以回美國了，我會感到非常為難。他們給我設下一個美妙的陷阱，這陷阱就是節子和孩子們，無論如何，我不會丟下他們。

接近午夜時，我進屋去。我輕輕推開拉門，躺在草蓆上，和我的家人們窩在一起。

整體說來，我們過得很好，儘管經常停電，很不容易取暖。孩子們寫作業的時候，我就把中國製小發電機打開，盡量撐到他們睡覺。

好是一年，壞是一年，我們總算填補了饑荒時期的糧食短缺。有一次結婚紀念，我甚至有能力送節子一台電鍋，日本製，最新款，剛在外匯商店上架，就被我高價買下。收到禮物的當下，她愣住了，說不出話來。開心極了。但後來，看見來自她失根祖國的物品，她痛苦難當。她把這樣東西視為自己被擄走之後，日本仍好好存在的首要證據。那裡的一切一定都變了吧！她說。你看：我離開的時候，電鍋哪有這麼先進時髦。日本一定變化得很厲害……如果能回去，我恐怕會覺得身在國外。

我終於跟理察．卡多納和解了。他也娶了他的新「廚娘」，吃她煮的東歐菜。她是羅馬尼亞人。認識了伊蓮娜之後，我才明白，綁架行動不僅鎖定日本人或南韓人。伊蓮娜在羅馬遇見一個亞洲人，被他用這種方式拉入圈套：由於她有繪畫的天分，他便說服她去香港開畫展。他安排好一切，替她辦理了假證件，好讓她順利通行。但是在平壤轉機時，她被逮捕了，原因正是持有假證件。完全不可能從中脫身。他們究竟為什麼需要一個羅馬尼亞女人？！

我懷疑她跟理察能過得幸福。那對夫婦身上一點也沒有喜悅的感覺。應該說，那個傢伙……而且，我敢說她是個蕾絲邊……可憐的女人，她要什麼缺什麼。她讓我心疼。她的細心敏感，她那當畫家的天分。沒有人和人能跟她說羅馬尼亞語或義大利語，兩種她說得流利的語言。她的韓文學得跟我一樣糟，英文講得結結巴巴。我呢，我很喜歡跟她交談。她令我敬佩。

過了好幾個月之後，伊蓮娜病倒了。一場輕微的發燒，宣告烏雲壓境。一次肺部X光檢查證實：她以前不該抽那麼多煙。我從來沒有像她死去那天那樣悲傷過。

艾莎，比爾的妻子，她的情況也差不多。至於她，是個黎巴嫩人，被他們逮捕。又是這麼一位女性，被一份在亞洲擔任秘書的高薪職務吸引，落入他們的圈套。她和伊蓮娜被從那麼遠的地方騙來，從此與故鄉斷了聯繫，這件事讓我大受衝擊。孩子們對她們所不知道的一切，有一天，我應該要告訴他們。還有關於我們的那些。我應該要給他們這樣的解釋：有一個貪得無厭的國家機器，隨處徵收它所需要的勞動人力。而且，我也會告訴他們：在學校裡學到的那些歌曲，歌頌著無憂無慮的軍人，儘管犧牲奉獻仍堅信自己運氣很好的人民，那些歌裡唱的都不是真的。那是一齣戲，殘酷的悲劇。跨出這個封閉的國家，外面的世界跟我們過的日子截然不同。

但在告訴他們之前，我想先讓他們長大，暫時保留這些秘密。而且我感謝老天，那人來訪那天，他們都在學校裡。那是去年秋天的事了。某個星期二……

他們的母親出門一整天，為了到處去看看能不能找到白米。我們已經享有特權，能去外匯商店購物；然而，三十年來，我從未經歷過這麼艱困的時期。

由於腰痛愈來愈嚴重，我留在家裡沒出門。孤單一人，或者應該說，我以為自己孤單一人。最近這段時間，乾旱接著水災，我們這一區小型竊盜案不斷。一天夜裡，我點亮手電筒，往院子一照，嚇跑了好幾個來偷掘大頭菜的小賊。

那一天，我下菜園去抓蟲，爬上梯子摘下還沒被偷走的蘋果。我們有幾顆水果可以撐幾天。然後，再也沒有什麼可偷的了。從此之後，我可以安心睡覺。

秋天的氣候已經很冷，要維持室內的溫度可得有點本事才行。地板的暖氣不夠熱，我必須去撿點柴放進火爐。

回來的時候，門微微敞開，但我明明記得有關好。我不太安心，順手抓起一支土鍬。前不久，理察才被兩個流浪小兵搶錢和米糧，還被狠狠揍了一頓。饑荒讓貧困的人們鋌而走險。大路上總有鄉下人虎視眈眈地徘徊，他們以為城裡可以得到的物資比較多。相反地，城市佬大批入侵農村，尋求糧食，因為商店空了，肚子也空了。森林裡，處處有人摘採菇蕈，還有黃耆，這種植物據說能補元氣。什麼都能吃，什麼都能煮成湯。用一點米或麥穀可以換到草藥。

我緊抓著土鍬，暗罵自己出去的時候忘了把門上鎖。每往前一步，我就更緊張害怕。我們能吃的東西只有一點點，無論如何，我不想讓這一點點東西被人拿走。

當那個大兵看見我拿著土鍬進來，往他撲過去時，不知道他腦子裡能閃過什麼樣的念頭。他發現自己沒有退路，身上沒有武器，於是想從我們的房間逃出去，但窗外有欄杆封住。我沒有直接打下去，大聲喝住他，命令他立刻把拿走的東西全部放下。出於本能反應，彷彿上門來的是保衛部的人似地，我瞄了牆上的兩幅肖像*一眼，確認節子最近有撣除灰塵，相框是否端正。那傢伙卻

* 原註：金日成和他的兒子金正日的肖像，每戶人家都必須懸掛在主廳，並經常擦拭灰塵，接受官方檢查。

一點也不在乎這件事。惶恐失措之餘，他還顯露出極大的驚訝：碰上了一個白人！後來我發現他被嚇壞了，便請他坐下，把剩下的湯熱給他喝。他問我是不是俄國人。

「미국인」*

「미국인？怎麼可能？戰俘？（他的語氣不再猶豫）。」我在他身上並未察覺絲毫恨意。「對，俘虜，可以這麼說，但不是戰俘，或者說，是另一場戰爭的造成的，在越南發生的那一場。」我回答。「您是俘虜，」他說，「而我是逃兵。」「逃兵？怎麼回事？」我端湯給他，但他最想要的，是換上一般百姓的衣著。他從口袋裡掏出錢包，想要付我錢，並說：「對，逃兵，我從軍中逃跑了。假如您能替我燒掉制服的話……盡快燒掉比較好……」

我給了他幾件我已經不穿的舊衣，婉拒了他的錢：「為了去您想去的地方，這些錢您還需要用。」我想辦法讓他開口。竟然一點也不難，以致於我懷疑這傢伙是不是想挖陷阱讓我跳。一個保衛部的探員，故意來試驗我？仔細想想，不。他骨瘦如柴，身上的軍服顯得空空盪盪……而且他那種把手腳壓在地面取暖的方式，騙不了人。可以確定的是，這傢伙受寒受凍了。這一陣子，可以看到一些士兵成群結黨，四處閒逛，找到什麼能吃的就偷走，即使據說軍中的狀況並不是最糟的。

「我跟其他軍人不一樣，」他接著說。「由於我家的社會階級成分，兩年前，他們把我派到一座集中營當守衛。最嚴酷的一座。我被分在十惡不赦的囚犯區。」

就著縫紉機旁的矮桌，我們坐在冰冷的坐墊上，距離這裡幾十公里外，那樣一座集中營……瘦如皮包骨的傢伙，換上平民服裝後，不斷向我道謝。他問了我好幾次，是不是在等誰來訪。看他發著燒，我請他休息一會兒，不會有人找他找到這裡來的。但他拒絕了。其實，這樣比較好。窩藏一個逃兵過夜，我

＊ 原註：「美國人」。

冒的險也太大了。一個集中營衛兵……「不是普通守衛，」他朝窗外瞄了一眼之後，低聲告訴我。「這座集中營的範圍遍及整個山區，四面封閉，邊界圍著電網。集中營區裡藏匿著一座地下拘留所。一座監獄中的監獄，或者應該說，監獄下的監獄，被拘禁的犯人永遠見不到天日，守衛被下令永遠不得談起他們，必須立下誓約。我在那裡服役了一年多，地下三十公尺深的地方，最後決定逃跑。」他又說。「一開始，他們派我去守電梯，那座升降梯可以從地面通到地底深處的廊洞。每隔一段時間，就有一些可憐的傢伙來到這裡，被蒙上眼睛，苦苦求饒。多數情況下，他們以後再也看不到陽光。有一個囚犯在那下面蹲了九年。

後來，他們把我升任為牢房獄卒。在那之前，我對地下監獄是什麼樣子一點概念也沒有。我要守衛的那條走廊上共有十五間獨立牢房，全天候用天花板上一盞燈泡當照亮，寬度剛好只夠一個人躺下，溫度恆常不變，潮濕的程度摧毀一切，包含皮膚、健康……我時時聽見那些可憐的傢伙在審訊室遭受酷刑，發出哀嚎。他們被滑輪機具吊起，降到一盆炭火上方，烤燙背部的皮膚。有一段時間，我被調到那個廳洞裡當助手，每天都做噩夢。很快地，我明白為什麼他們要我簽下切結書，永遠不得提起這個地方。

日子一天天過，集中營也逃不過饑荒，就連守衛也吃不飽。所有的豬隻都被殺光吃掉，一頭也不剩。犯人們用煮爛的果肉和樹皮填肚。糧食愈來愈少，運送物資的列車受到更加嚴格的管控。就在那個時候，他們指派我去集中營的車站。在那邊，一天晚上，我實在忍不住，偷了一棵白菜。我很倒楣，被一位長官當場逮到。我賄賂他，把自己一部分存款給了他。剩下的錢，我拿來在開出集中營的空車上『買』了一個空位。從此以後，我展開逃亡生涯。我想從北邊去中國：再過幾個星期，圖們江就會結凍。」

逃兵說的故事既不美也不光彩，但是，反正，很久以來，早就沒有什麼是美麗光彩的；除了，印在鈔票上，我朋友逃亡路線中要穿越的山景，還有所有小學裡反覆唱誦的歌謠以外。

一九八五年間，每個星期兩次，我得去幫不知道來自哪些部隊的軍官上英文課。這不是我能說好或不好的事……我那些一身勛章的學生，程度之低，難以想像。無論他們回答什麼，我一律給一個好分數。他們有沒有進步，我一點也不費心。最後他們終究會知道我在破壞他們的英文程度嗎？知道我要他們不疑有他，記住我隨便想像出來的單字？我不認為。然而，過了幾個月之後，他們倒是讓我發現，我自己這口美國深南方的口音，教給他們的英文實在……太過特別。比爾和理察的狀況也一樣，他們在同一所軍校上課，但是跟我排在不同一天，所以我從來沒再遇見過他們。

後來，他們又指派我一項新的工作，讓我不出門離家就能逃脫現實，排遣透氣。與世隔絕，活在政令宣傳下二十年後，天上掉下來一份意想不到的禮物：他們要我收聽國外的廣播，像是美國之音或自由亞洲這些用英語傳送的電台，翻譯與這個地區相關的新聞報導……有些大人物想鉅細靡遺地知道一切，在敵營，人家都怎麼說他們這個韓國……

一九六六年以來，在封閉的氛圍中，這是我呼吸到的第一口新鮮空氣。他們在我們家架設了一台短波收音機和一台打字機。然後，每隔一天就有人來取走我的報告……我盡一切努力把這份工作做好，儘管用韓文編寫對我來說有不少困難。我不僅享有關於外部世界和韓國的消息來源，這些翻譯後的新聞也等於在告訴那些阻止我們離開的人：這才是生活該有的模樣，而不是你們的政權所粉飾的那樣。

體積龐大、很佔位置的收音機讓我們，節子和我，重新有了活下去的動力，並提供珍貴的新聞消息，標記我們的每一天。而且，我們能聆聽已經幾百年沒聽過的音樂。爵士樂和流行樂，一點也不像軍歌的歌曲。這麼說好像很蠢，但是，我們從此掌握了證據：其他世界依然存在。我們虔誠地收聽來自韓國廣播電視台（KBS）*的新聞；而節子更是孜孜不倦，因為，夜裡，要捕捉到日本電

* 原註：Korean Broadcasting System，南韓的國營電視台。

台的波段並不太難。我還清楚記得第一次讓孩子們聽韓語版的美國之音那天。我這樣告訴他們：你們所知道的世界不是真正的世界。你們生長在這個韓國，它只是一道裂縫，時間掉了進去，被困在裡面出不來。石俊相信我講的話，即使他沒有完全聽懂我所說的意思。至於恩玉，她懷疑我是不是搞錯了。「世界就是我存在的地方，不是其他任何地方。」她提出反駁，緊咬不放。她一直跟我頂嘴，讓我開始疑心她會不會把這些話全都告訴學校老師：每天早上，導師絕不會忘記問全班同學跟父母親在家有些什麼對話。

節子常常想知道她和直子是不是僅有的兩個被綁架的日本人。得到答案也不能改變什麼，但這個問題總反覆浮現糾纏。比爾和理察都娶了落入圈套的外國女人，不過說到底，伊蓮娜和艾莎都沒有在自己的國家被綁架……傳言說有南韓人被抓來這裡，訓練北韓的間諜或突擊隊員，教他們南韓的生活方式。但是日本人呢？在外匯商店裡，我們偶爾會瞥見一對說日文的男女。我老婆因而大受震撼。日本在這裡沒有大使館，所以不可能是外交官員，也不會是觀光客或探訪親人的家屬，要不然我們不會，隔一大段時間，久久才碰見他們一次。他們看起來是夫婦，牽著彼此的手……這個問題讓節子成天坐立難安，於是我下定決心用韓語跟他們搭話。他們看起來很高興，也很驚訝會遇見外國人。他們說起韓語帶著很重的口音。節子不肯鬆口。她完全不想洩露自己任何事。而他們也絲毫沒有揭露的意圖。他們欲言又止，只肯說出他們住得很遠，在「一所機構」教書。

「他們是我的同鄉。」他們走遠後，節子跟我說。「聽他們說話就知道了。」

出現一項新的線索，讓我猜想還有其他日本人被綁架。從一九八八年開始，他們把我變成了一個電影演員。這項工作讓我吃盡苦頭，但我沒有選擇。在電視上看到自己的老爸擠眉弄眼，被塑造成另一個人，扮演一個美國人，這是孩子們最開心的事了。螢幕上，爸爸變成了一個英雄，他們感到好驕傲！然而，他們第一次載我去攝影棚的時候，情況令我非常尷尬。那裡面應有盡有——幾個世紀前的街道，今日南韓城市縮影的搭景，堡壘的牆面和仿造的假佛塔，厚紙板糊成的哥吉拉怪獸……最讓我驚愕的是，在我按時收看的一齣描述韓戰初期的電視劇中，他們要我加入演出最新一集。我必須穿上軍服，扮演一個政府部門的官員，對於引爆戰爭負有一部分責任。我搖身變成了「基頓博士」。

這場經歷唯一的好處是和比爾重逢。他也被派來在鏡頭前演出美國人。被架進這件事來，他也並不開心。外表雖然看不出來，但我相信他跟我一樣擔心：假如，運氣不好，有個美國人看到這齣連續劇，我們會被看成叛國賊。

一點危險也沒有。

他們把我打扮得像個華盛頓的美國人，我必須迅速學會在鏡頭前念台詞。那真是辛苦得要命，我什麼也背不起來。

當然，這齣連續劇播出後，美國的形象並不光彩。儘管時好時壞，我總算成功地克服幾個場面。這個系列共有二十集，我從第九集開始出現，《雲霧作戰》(안개작전)*……當我在電視上看到自己演出的基頓博士之後，我覺得好丟臉。他們把我弄成禿頭，配上粗框眼鏡，我差點認不出自己。聽著自己念那

些背了老半天的台詞，我心想，從一個不放棄希望的人身上，什麼都可能榨得出來。我的動作既生硬又做作。不，我認不出這個黑白電影中的自己。而當初我不知必須重拍多少次！我因此弄得汗流浹背……現在，走在路上，人們會高興地衝著我喊：「基頓博士！基頓博士！」絲毫不曉得這樣對我造成什麼樣的痛苦：原來，我還是會被認出來，本來我還寄望這頂雞蛋般光滑的禿頭和厚重的眼鏡……

他們還要我在一部講述普韋布洛號事件的電影裡扮演一個美國海軍軍官。最近徵調我去拍攝的這部片子中有幾幕日本戰後的場景。這一次，我飾演一個

* 原註：《雲霧作戰》。譯註：《無名英雄》（韓語：무명영웅）是一部由北韓拍攝的以韓戰期間幾名北韓間諜為主角的系列影片。這部電影系列片長達二十集。一九七八年到一九八一年間拍攝。片中美軍軍官等西方人的角色，由叛逃北韓的美軍查爾斯·羅伯特·詹金斯（Charles Robert Jenkins）、賴瑞·艾布希爾（Larry Allen Abshier）、傑瑞·韋恩·派瑞許（Jerry Wayne Parrish）等人主演，此外部份西方人配角則由蘇聯或東歐人扮演。

中央情報局的探員，伙伴是日本人。日本人！他是從哪裡冒出來的？好幾年前，有一些城市游擊隊員劫持了一架飛機，後來逃亡到了北韓。會是他們其中的一個嗎？坦白說，我不認為。名字叫「茂」（Shigeru）的那個人總是面帶微笑，態度友善，顯然很高興能跟我一起工作。他在鏡頭前低調又笨拙。我暗中觀察他很久。不，這個傢伙一點也不像恐怖份子。

有一次拍完一個場景後，我跟他說了幾個節子教我的日文字，只是為了搭話而已。這對他來說簡直是天外飛來一筆。他多久沒聽到人家講他的母語了？在我們扮演各自的角色時所站的佈景街上，我真想多知道一些關於他的事。他引起我的好奇。休息時間，他們供應飲料，我們有一點空檔。我們本來可以趁機聊聊的。然而，什麼也沒發生。

那一天，我帶了田邊小妹妹送給節子當結婚禮物的運動袋來。影片中，任何帶有日本味的東西都好，可是攝影棚裡很缺道具。茂拿到運動袋時，仔細注視了好一陣子。拍攝完之後他便還給我了。我猜想他或許在裡面偷塞了一張紙條，草草寫下了些什麼：地址啦，ＳＯＳ之類的……但袋子裡顯然什麼都沒有，這個年輕人就這麼帶著所有關於他的來歷之謎，從我的人生消失了。我後來再也沒有見過他，除了電影上映的那一天，在大螢幕上。

＊

土偶

我很少像當演員的時候一樣，覺得自己與角色格格不入。然而我還是當了，因為我要演的不是一個混蛋，而且我心想，這或許幫得上我。這些影像，有如海裡的瓶中信，隨波逐流，天知道會用什麼方式環遊世界。不知道多久之後，也許北韓以外的地方會有什麼人看見。那麼，誰知道會不會怎麼樣……不過，比較有可能發生的是，這部影片的膠捲將佈滿灰塵，遺棄在北韓的檔案室裡，從來沒有人動過。

我和那幾個美國人事前都完全沒有試過鏡。我們後來才知道自己要演出這齣我看不到結局的連續劇。我每一次聽到「開拍！」，肚子就開始絞痛。他們一定會叫我重來，重來之後一定仍然不對他們的味。從來都不對他們的味。我拖累了拍攝進度。導演的脾氣暴躁惡劣，看到我就破口大罵，彷彿我是最可恨的全民公敵。有一天，我回應他：我的職業是考古學者，從來不求在攝影鏡頭前裝模作樣。聽了這話，他回駁：你沒有選擇的餘地。

鏡頭之外，我也沒有比較自在的感覺。我從來沒有自在過；反正，沒有任何事是為了讓我達到這個目的而安排。這並不表示，在日本，我的上一段人生中，我就過得比較自在。其實，我也納悶，自己為什麼會用這個字眼來表達，因為我根本就不知道它代表什麼意思。因此，看樣子沒錯，在這個世界上，我幾乎從來沒交過真正的朋友。我的朋友們都已經死了，因為我都是在書上認識他們的，畢竟，就像我先前說過的，我的職業是考古學者。

曾經我是考古學者。

由於我幾乎沒有活著的朋友，跟我的家人也很少聯繫，很可能根本沒有任何人為我的失蹤感到憂心。自殺，人們想必會做出這個結論。他從懸崖上跳下去了，屍體沒有被海水沖回來。他的個性本來就多愁善感，甚至有點神經衰弱，所以……

我以後再也不會習慣讓自己顯得可有可無，被人視而不見。沒有人注意你。沒有人真的聽你說話。你的聲音透明隱形。你的敘述沒有任何人感興趣。沒有人打電話給你。無論你身在何處，都是被放逐的狀態。

我誇張了。其實還是出現過幾個豐盈美好的時刻。最近這一次正是在那命運性的一天。當時，我一面走著，一面品嘗著多年研究之後滿足的滋味。在和煦晨光與海風之中，寧靜的時刻……關於土偶*考古的博士論文，終於大功告成，我帶著它，準備前往三公里外的港口郵局。那些眼睛凸凸的黏土小人俘虜了我。來自遠古，毫無防衛；自從，小時候，在一本日本歷史圖畫書上發現他們之後，這些小人就一直照看著我。土偶們的造型宛如動畫人物，與我這個獨生子作伴。現在，我關注的比較是這些小雕像與當代藝術間的對應關係；但是，以前那個時候，對，他們是我的同伴。他們的外表滑稽古怪，矮胖笨拙，兼具神秘感，我很喜歡。我常盯著他們看，彷彿，下一個瞬間，他們就會願意把能解開他們謎團的關鍵秘密告訴我。我揣想著，時間這亙古長夜的另一頭，那些創造他們的工匠。透過近似厚重遮光雪鏡的東西，小土偶們也觀察著我。上古時代的小蟾蜍，你們賦予我好多夢想……土偶時光最後決定了我的志業。我為他們獻出了我的一生。我的人生也毀在他們身上。

半年來，我在這個地區的一座考察工地上進行挖掘。我們在這裡找到好幾尊眼睛外凸的小土偶，保存狀態都很不錯。我的同事村上提議開車載我進村，但我比較想自己走路過去：從我紮營的地方到小泊村，徒步只要四十五分鐘。

我應該要聽村上的話才對。我沿著海岸走了好一陣子。那時正逢大潮。波濤碧藍，綴著泡沫般的浪花，湧起又拍落，湧起又拍落。由於背後有輛車靠近，

---

* 原註：陶土製成的小雕像，通常以女性形象呈現，可追溯自繩文時期（西元前一萬四千年至前四百年）。

我往路旁挪了幾部。車子超過我之後，停了下來。多半是幾個迷路的出差商務客。說不定駕駛想提議載我一程？我連驚呼都來不及。後來，我在一艘船的船艙裡清醒過來。當下第一個念頭就是檢查背包是否還在。我用手探觸，確認打好字的那一大捆紙張一直在裡面，趕快緊緊地將背包抱在胸前。

自從發生這些事以來，留在身邊的這篇論文是我唯一的慰藉。為了它，我在日本簡直與外界隔絕；到了這裡，日復一日，它成為我的救贖。綁架我那批人允許我保有這份文稿，彷彿明白它是我的一部分。我已經「變身」成這篇論文。一隻半紙半人獸。說實話，我對僅僅當一個單純的人類已經提不起任何興趣。曾幾何時，論文已滲入我的身體組成，淡藍色的格線宛如微血管。只靠鈣質和磷已不足以讓我存活。我也是一個纖維素生物。

還是孩子的時候，我怎麼可能想像得到後來我會在北朝鮮*這裡當上電影演員？這個曾經在爺爺的敘事中那麼吸引我的北韓？他在一九三〇年代初期離開了朝鮮半島，來東北地方†工作，當時韓國工人很吃得開。某個春天晚上，他離開了咸興，一場暴風雨差一點讓他連人帶船沉入大海，好不容易抵達新潟港。過了一段時間後，他改名換姓，採用了我繼承下來的這個日本姓氏：林。他講述的家鄉故事撫慰了我的童年——我的祖母也是北韓人。在朝鮮日治時期[‡]，我們這些日化韓人的目光依然望向我們的根源之地朝鮮[§]。不過，要在半島的兩端中做出選擇，比較令我著迷的是北邊；並非只是因為它涵蓋了祖父的老家咸興市。仔細想想，我對北邊的好感，一定來自於對日式教育訓練我加入的競爭型社會之厭惡。與其他人一樣，我嚮往以嫌棄金融財政和個人主義為原則來建造社會的那個韓國。一九五〇年代，有些韓裔日人在停戰[¶]之後移民

* 原註：Kitachosen，日文對北韓的稱呼。
† 原註：日本本州北部地區。
‡ 原註：一九一〇年被日本合併後，韓國一直到二次大戰結束後才恢復獨立。
§ 原註：Chosen 日文對韓國的澄湖。
¶ 原註：在此指的是一九五三年韓戰結束後的停戰協議。

到那裡，我曾經計畫長大成人之後也要仿效他們的做法。我閱讀所有手邊能取得的北韓相關文章，發願有一天一定要學會他們的語言，擺脫我的家族從三〇年代以來便任憑塗上的那一層層彩釉般的日本性。

我的父母也流露出對北韓政權的興趣，但並不真的很積極。他們隨意把《赤旗報》*扔在客廳的桌子上。我很喜歡瀏覽那份報紙的週日特刊，因為裡面有特別為兒童製作的漫畫。有一段時間，他們曾加入朝鮮總聯†，後來，協會歸屬北韓，他們受騙，便退出了。

接著，二十歲左右的我處於懷疑論主義時期。我對平壤還沒有提防戒心，倒是覺得以那個韓國為訴求抗議滋事的大學生們愈來愈討厭。他們喜歡極端走偏鋒，強調純粹主義，那時我真受不了。他們組成了我從來沒見識過的一個激進邪教。對自己的成員採用激進手段，只為嚇阻他們絲毫偏離教條。於是，漸漸地，各種疑點鑽入我心裡，最後終於滲透進來，在心底深處流淌。在那當時，什麼也察覺不到。一切那麼遙遠，根本想不到，在自己身上，已醞釀著一場土石流。我開始閱讀反對赤色朝鮮的文章。我不排斥「敵人」長篇大論的說教。在日本海的另一邊，並非一片我曾經想像的人間樂土。那裡所上演的是一齣兩千萬個臨時演員演出的一場戲，一場悲劇，到最後，說錯台詞的人都在後台被消滅。

從那時起，我便一頭躲進了遠古歷史中：繩文時代。我把過去當成志業，潛入時間，逃離現在。而今，曾研究幾萬年前從亞洲大陸墾殖日本之人類的我，被迫把大陸上的人培訓成完美的日本人……他們所輕賤的日本人，我必須在鏡頭前扮演出來。誰知道，在平壤街頭，我是否與某些堂兄弟共處一方而不自知。我沿著他們居住的樓房前行，走在他們的窗下，他們從窗邊看到我從底下經過，小小的身影，沒名沒姓的路人一個。我們源自同一個家族，我們的存在錯

＊ 原註：《Akahata》，日本共產黨的機關報。

† 原註：旅日朝鮮人聯合總會。

肩而過。倘若我們碰巧目光交會，眼中卻也不會閃耀任何光亮。說不定綁架我的人是我的族人呢！命運之神派他來把我帶回我的根源之地，但我永遠也不會知道。

要不是我受到監控，我一定會去郵局翻閱電話簿，尋找親戚。

我只能把我的論文讀了又讀。自從被帶離日本之後，我便視之為珍寶，悉心栽培這座花園。我與自己的過去之間可觸及的連結只剩它。我親筆寫下的一個個字在這裡一點用處也沒有，然而，我不能毀了它們。這部文字是我的嘔心瀝血之作。一再翻閱的結果，我又增添了細微的區分，加以修改訂正，把不清楚的地方說清楚。我想到普魯斯特，他的作品曾幫助了一些集中營裡的囚犯。我也想到貝戈特*。這部不斷被修正的手稿已經變成我的那「一小面黃色的牆」。有幾個晚上，我心想，這段拘禁，如果終有結束的一天，一定還是有它好的一面。如果有一天，我能帶著我的手稿再次渡海返航，它和我，我們都將以更成熟完善的面貌歸來。

是的，在這裡，我所要做的只剩下找到那想都不能想的事物：一所願意把這個版本寄到大海另一岸的某個編輯手中的郵局。然而，沒有任何東西出得了這個國家。走在街上時，我常豎起耳朵，希望能聽到有人說日語，總是徒勞無功。這裡只有來自蘇聯或中國的外國人。不過，為了拍攝一場戲，我曾經跟三個日本人工作過。一聽到「開拍！」，我們便用我們的語言演出我們的角色，但是一旦離開鏡頭，我們便必須說韓語。監控太嚴密，我根本沒辦法問他們是怎麼來到這裡的。難道，他們也是被抓來的嗎？他們在海的那一邊的岸上被擄來，是不是為了因應某個導演的要求，因為他考慮會用到這類或那類型的人物角色？又或者因為某一所軍事學校打算教他們的戰士當好一個日本人必備的技藝？

現在我深深堅信他們也是被綁架過來的。他們的眼中也有那茫然的目光：

* Bergotte，普魯斯特經典作品《追憶逝水年華》中的人物，敘事者所崇拜的知名作家。

當我無意間在玻璃窗或遠處的鏡子中看到自己的臉時，常被自己眼中那樣的目光嚇了一跳，然後才發現原來那人就是自己。

　　而且，還有那個美國人。滑稽的老好人一個，讓人捉摸不透，隨時都在觀察我，像是想跟我攀談。我大致聽懂他說他娶了一個來自佐渡島的日本老婆……他住在城外的郊區。把我的手稿交給他一點意義也沒有。現在，既然電影拍完了，我唯一的希望是，再也沒有別的電影要拍，我從哪裡來，就請他們把我送回哪裡去。

＊

第三部

擁有電子專家或蜘蛛學者般的眼睛，而且，天生擁有優於常人的豐富想像力，這樣的人，在九〇年代的日本城市風景中，首先會注意到密集的空中電線網絡，宛如第一層天空似地架在街道上方，再上去才是一片單調的白雲天。這些電纜讓他想起風向玫瑰圖和中古世紀羅盤上錯綜複雜的線條——在他這個俗人眼中看來，是十分凌亂無序的網絡。在這狹隘的林冠層，電子高速通過，速度之快，絕非下方幾公尺處，水族館般的街道上，設想給市民使用的交通工具所能比擬。正午，退潮時分：話語量只有少少的幾百萬，彷彿從彈弓投射出來，串連起耳朵緊貼著電話筒對談的兩人：他們下達指令或傳遞命令到股票市場。但是，隨著下午即將到來，流量愈發高漲：用餐時間過後，工商活動恢復進行。於是，都市叢林上方，話語字數流量暴增，但是下方，引擎轟隆聲中，熙攘的人行道上，卻沒有人擔心在乎。

在被這一層層現代纜線網遮蔽的上空，言語不僅鑽入電話線之中：一九九六年，儘管在當時還非常小眾，有一些人已開始實驗自由飛行運動，而手機與手機之間投射出的話語愈來愈多，並且不受干擾也不迷航；其中包括成千上百萬幅電視畫面，如一面面鼓脹的船帆。迅速劃過，稍縱即逝；螢幕上閃過從電視台傳送出的經濟指數，氣象報告，以致於大氣中不只滿是講話的聲音，也充斥來自全世界的風景，場景，臉孔，從印度神殿舞姬到波斯的托缽修士，從相撲力士到凡僧。是的，東京的空氣中充斥著這一切。在那裡，勢不兩立的敵人彼此擦肩而過而不自知——掌權者和跟他持相反意見的人，審判官和叛徒，狄奧斯庫洛伊兄弟（les Dioscures）還有厄忒俄克勒斯（Etécole）和波呂尼斯（Polynice），都在同一齣戲的舞台上——他們立即被各家頻道俘虜，走入電視觀眾群中，重新上演各自的角色：再度開始他們的死亡掙扎。

地球各地被拍攝的成千上萬人就這麼有形無體地穿越大都會的氣層，然後被重組，有如一群狂歡中的巴比倫人之立體投影，出現在住家客廳或旅館房間的彩色螢幕上，每一層樓的每一戶皆然；或者屋外牆面，看板上，垂直流瀉著閃亮的廣告詞，竭力吹噓，誇大其詞。

在這座現代巴別塔之中，最令人目瞪口呆的是，所有語言的文字，所有大陸的影像，所有對談者的話語，混亂地擠入東京的氣層之後，被多語雷達、各式接收器磁化，奇蹟似地順利抵達目的，沒有任何一項在首都上空的太陽磁暴後遺落。他人談話之中絕沒有一字強行入侵另一段對話。一個裸露肩頭的印度舞姬絕不會介入兩名凡僧之間。

在我們關注的那棟樓房裡，沒有人看電視。他們打電話，但是十分節制，只說重點。那一年，他們對北韓特別感興趣，因為在高層，他們堅信，正在發生的饑荒和糧食短缺將導致那個政權垮臺。在這棟三十層大蜂巢的其中一個巢室裡，窩著一支資訊情報單位和多個附屬分支；單位中一名公務員負責觀看赤色朝鮮製作的電影，現在，他剛結束《桔梗花》（Dorajikkot，도라지꽃），平壤攝影棚幾年前出品的片子。影帶盒的背面，是誰貼了這段不怎麼吸引人的簡介？「一個年輕女子，黨內勞動女工隊的成員。她的未婚夫經不起城裡美女的誘惑，辜負了她。她放棄未婚夫，決定留在鄉村，站在廣大的農民身邊，為

對抗洪水奮鬥。」洪水，這個主題一語成讖，田中薰心想。他獨自留守不受電話打擾的辦公室。淨化得太嚴重了吧！一想到得為趙京順這部長片（依他的品味，這部片子實在太長了）孵出四千字的報告，他忍不住哀歎一聲。他已經看過這個導演的《月尾島》。他把這份煩人的差事延到晚上，等到回家，洗過澡，暢飲一罐麒麟啤酒之後再說。現下，他決定先看另外一部片：《陷阱》，這部電影的導演他從來沒聽過。他還有兩個小時的空檔，然後該去問候中風的母親：她住在北方，岩手縣的遠野市。這是他每天下午結束，離開辦公室之間前的例行公事。於是他把卡帶送進放影機，一面嘟噥碎念。是哪個蠢蛋，藉口說這樣我們就可以更了解這個瘋子國度的內部情形，決定我必須吞下這長達幾公里，難以下嚥的膠捲……他瞪了堆在辦公室角落那一大落等著他消化的卡帶一眼，暗暗詛咒。如果他們先前告訴他，最後他得當影評人（還有評的是什麼樣的電影，是哪種誇大的調性）……假如他沒學過韓文就好了……那個假美國佬，披著空蕩蕩的制服飄來飄去……再說，這個白人，口音沒人聽得懂，他在這裡做什麼？應該把他寫進報告，誰知道會不會怎麼樣。

正當片子幾乎快演到一半的時候，田中薰突然按下了暫停鍵，然後倒帶。他眉頭深鎖，把一場看起來在東京發生的場景重播了好幾次。引他注意的倒不是眼前所看到的東西，而是耳裡聽到的。在赤色朝鮮的片子裡，需要用外語表達的時候，通常都會被配音員的聲音「蓋過」，但原音還是隱約可聞。而在這一幕中，有一個男人說日語，田中薰察覺其中有點蹊蹺。感覺如此之怪，以至於他在考慮片刻之後，拿起電話打給一位內政部的官員。

「山田桑？我想我需要您為我指點迷津。只要您一個人……我有東西必須給您看……不知您是否可能撥冗到我的辦公室來一下？對，緊急，我想是的。」

隔天，山田長官觀看了有問題的那一幕，焦點集中在演員身上。是一名前日本赤軍成員嗎？那些逃到北韓的極端分子中的一個？內政部官員認得他們每一個人的臉，所以並未遲疑多久。

「完全不是我們已查明身份的那幾個……況且，這個傢伙太年輕，不可能是其中一人。流亡到那裡的那些人如今約莫四十五、五十歲，而這個人看起來，大概，三十五、三十六。而且怎麼說，這個傢伙，他說日語，但是呢……」

「我出身岩手縣，山田桑。我在那裡的鄉下渡過了整個童年。聽這個男人講話時，有個地方讓我吃了一驚。比方說，電話中，回答的時候，他不說『そうです』*，而說『んだ』。像這裡……您聽見了嗎？還有，對話結束的時候，他不說『こんばんは』†，而說『おばんです』。再往後一些，另一幕戲裡，他說『めんこい』，而不是『かわいい』‡。再加上他那個口音腔調，絕對錯不了。無論如何，實在令人在意。我確定我們現在看的這個演員不是韓國人。這個傢伙出身岩手縣，我敢把手伸進火堆發誓……」

「您知道的，在五〇年代，有很多在日韓人（ざいにち）§受到那個政權吸引，遷回那個地方……」

「您真的相信，一個歸鄉移民的兒子，基本上在北韓出生，會使用東北地區的方言？我不相信。如果您願意聽聽我心底的想法，山田桑，幾乎可以說，這個傢伙想傳送一個訊息給耳朵警覺性高的人聽：我不是這裡的人，我來自那邊，岩手縣地區。在電影中，日本場景的部分，沒有任何需要一名演員讓人聽出他確切出身背景的理由。這個傢伙演的應該是匿名的日本人……不管他是大阪來的還是稚內市來的，一點也不重要……」

「這麼說也沒錯。所以您的結論是？」

「這個傢伙或許是非自願地去到了那裡。或許該向岩手縣的警察局或專責失蹤案件的單位報備比較好。誰知道會不會怎麼樣。」

*

* 原註：「是啊！」

† 原註：「晚安」

‡ 原註：「可愛」

§ 原註：相較於其他外國人，這個詞專指移民到日本的韓國人及他們的後代。

是的，東京街道的空氣中處處充斥著被天線召喚來的幽魂。千萬個在世界盡頭拍攝到的人被這些金屬枝幹的磁波吸引，穿越空間距離，然後重新組合，在家家戶戶客廳或旅館房間的彩色電視機螢幕上投射出一場巴比倫狂歡之影像。一九九六年三月那個灰暗的陰天，另有一些有形無體的魂魄依序鑽入電話纜線，一如那些為了查明身份，用傳真發送到好幾個單位的螢幕截圖，某個電影演員的照片。這些影像化為一長串原子，以脈衝傳達國土的另一端，幾分鐘後，傳真機往空空的收件匣裡吐出紙張——誰知道這又是怎麼運作的——，而紙頁上重組形成的面容完好無缺。

回傳報告讓田中薰陷入深深的不知所措。儘管他從事這項奇怪的行業已有多年……那個演員，據他們說明，其描述符合一個名叫林茂的人，一九七九年九月十四日在小泊村（青森縣）失蹤的考古學者。一九五五年五月六日出生於岩手縣，參與一個考古遺址的挖掘工作，在他「人間蒸發」的那天，他告訴同事說他要走路去小泊村的郵局，十三湖的溢洪道附近。郵局的職員信誓旦旦地表示當天並未見過那個男人。自殺者嗎？潛水專家在湖底和溢洪道搜尋，一無所獲。至於大海，那是沒辦法徹底翻找的。該案於是停止後續調查，結案歸檔。

儘管田中薰努力運作他的想像力，卻仍難以連結這兩項線索——一九七九年的某一天，某人沿海岸步行，以及十幾年後平壤製片廠產出的一部電影。

岩手縣的警方要了一份電影的拷貝，放映給失蹤者的家屬看。他們毫不遲疑地認出了林茂先生。他的父母發現兒子還活著，但彷彿在另一個世界：活在分隔兩國文化的遼闊汪洋之彼岸。林家自己下了結論，認為茂從很久以前以來便深受北韓吸引，於是默默選擇去那裡生活。他們為此感到羞恥，所以不想大肆聲張。地方媒體終究聽到了風聲，但是為了顧及這家在日韓人的感受，還是不要談論此事較好。

到了這個地步，這已不是一場失蹤案，卻又沒有任何根據足以提出綁架的假設。田中向上司提出報告，並且提議——既然這部片中還有一位美國口音很重的白人演員——送一份電影拷貝去美國大使館。

這份拷貝，大使館並未觀看，只收下轉交；幾個星期後，它終於出現在蘭利，美國中央情報局的一張辦公桌上。從那一刻算起，三十年一個月六天又八個小時四十分鐘以前，下士吉姆·賽科克於一個大風雪的夜晚，出現在敵軍的瞭望塔下。

*

生命仿造體

由於停戰以來，除了普韋布洛號現役艦以外，被赤色朝鮮抓走的美國軍人人數寥寥無幾，而艦上除了一人以外，其餘的人全都在幾個月後便重新融入國內的生活，中央情報局的人不費吹灰之力，就在那名演員和一個少數越過停戰線的大兵之間找出某些相似之處，甚至可說，發現了確切的相似程度。事情已過去了這許多歲月（三十年！），而且那名演員還化了妝；但就算戴上了眼鏡，裝上了禿頭，「基頓博士」的相像度依然令人心生疑惑。

中情局凡事只講求證。旗下眾多專家之中，有一位罕見奇才，專長是研究耳朵，擁有讓肖像透露訊息的特殊能力。不知多少次，這個藏鏡人解開了各種謎團，斷言在某某典禮上，某個政治傾向極不民主的外國國家元首並非親自現身，而是派了一名替身出席，而這表示他的健康狀況已大不如前，所以，依此推論……一九六六年七月某日，毛澤東在武漢跳入長江游泳，而這位專家分析了他的雙耳之後，指出那是一名替身。真相藏在耳朵裡……依照他的說法，一個人的耳朵與另一個人一模一樣的機率只有二十萬之一。而這位專家本人，他向中情局證實了局裡最大的懷疑：吉米．賽科克下士正在為敵人進行宣傳，因為，根據他入伍時那張解析度普通的照片，這個演員的耳朵和大兵的耳朵的模樣，完全不容置疑。

＊

兩名穿西裝打領帶並戴著帽子的訪客來到她家時，什麼細節也沒說，只親手交給她一紙傳喚令，另加一個地址，她必須親自前往位於維吉尼亞州的那個地方。為配合中情局針對她兒子於三十年前的失蹤案，迫切需要她出席。南茜・賽科克，七十多歲的寡婦，七個孩子的母親。她的孩子中有兩人已去世，另一個在南北韓邊境失蹤。而現在，他們又來劃開她已癒合的傷口，彷彿那樣的傷痛還不夠似的；她因而怒不可抑。再說，南茜・賽科克從來沒念過書，一輩子害怕高官階或高學歷的人。這一點點小事——兩個頭髮剪得很短，口氣冷硬的條子來訪——足以讓她心驚膽跳。不過，假如他們有新的消息呢？他們沒有敵意；她的女兒們後來這麼告訴她，安撫她的情緒。而如果他們有新的消息，跟吉姆有關的呢？妳應該親自去一趟，才能放心。但是，做母親的在心底提出異議：都已經過了三十年，真的應該出現什麼新的進展嗎？這個兒子，假使萬一他們明天把他帶到她面前，他還是她的兒子嗎？猶豫了一陣子之後，她這麼回應自己：真是的，有時候妳還真笨得可以哪！我可憐的南茜！他當然還是妳的吉姆。

*

看見那個戴眼鏡的男人，坐在一張那麼大的書桌後面，做母親的湧出一股奇怪的感受。而當那個男人摘掉煙燻鏡片的眼鏡，她還以為有人用她吉姆的形象製作了一個機器假人。他們為什麼要做這種玩意兒？這樣蠟黃的臉色，這樣的機械動作，一點也沒有生命力，倒像是，生命的仿造體……對這個不常去電影院也從來沒敢走進表演廳看戲的女人來說，那副拘謹不自然的模樣，只令她聯想到機器人。不是她的兒子，這個頭頂微凸，膚色蒼白得要命，肢體硬邦邦的官員不是他。然而她卻抱著瘋狂的希望，希望那就是他。三十年。他都做了些什麼？他們對他做了些什麼？吉姆的人形就浮現在她前方半公尺處：她不認識這個鬼魂般的兒子，但想必就是她以前認識的那個；總而言之，他從鬼門關回來了。畢竟，自從一九六六年冬天以來，她始終以為他已經到另一個世界去了。她並不明白：在螢幕上所看到的純屬虛構。她的兒子，當了演員？就算他們告訴她說他變成了黑手黨教父或巫毒教教主，她也不至於更驚訝。假如真的是他，那麼，他在那裡，那麼戲劇化地接見一個軍人，長篇說教，這是在做什麼？做母親的還停留在一九六六年三月的某一天，那時她接到一封謎樣的信，並遵照他的要求，隻字不提其中內容。然後她一直等著其他消息，卻遲遲沒有下落。唯一等到的是，曾有三個軍人來訪，他們面有難色，前來告知她的兒子失蹤了，在世界上最危險的邊境中消失。他們還私下問了她幾個問題，裝作一副若無其事的樣子。

然後做母親的聽見他說話。配音只在一兩秒之後才開始蓋過原音，所以她能認出吉姆的聲音，毫不遲疑地說：對，是他的聲音，但不是他說的。任何不知來龍去脈的人聽了這話必然覺得荒謬，但那些軍人並不大驚小怪。做母親的用她那雙患有紅膜異色症的小眼睛注視身邊那些人，尋求解釋。一個消失在遙遠亞洲深處的兒子，出現在這螢幕上做什麼？而在她先前收到的那封信裡，他的說明卻是：為了避開越南，他想前往蘇聯？南西．賽科克始終錯愕不已。

整段過程中，老寡婦五味雜陳，半個字也說不出來。他們是不是設了個陷阱讓她跳？當她的兒子又出現在大銀幕上時，她眉頭深鎖，似乎被吸進了亂糟糟的記憶倉庫裡。吉姆升官了嗎？他在指揮，給一些美國人下指令。他戴著淺色墨鏡，也穿著白襯衫打上了領帶，跟那些來查問他失蹤之事的人一樣。而且他講話的語氣好冷酷。他怎麼變了那麼多！

要是這一切都只是人為操控呢？如果吉姆根本從來沒退伍，仍留在南韓，暗中主持一個間諜的巢穴，一支突擊隊，或任何其他東西呢？

探員點亮房間的燈光時，發現做母親的淚眼模糊。

「這是什麼玩意兒？」

「您在他身上看到了什麼？」

「我什麼時候能見到他？」

她終於把他們不斷告訴她的話聽了進去：吉姆不在哪個美國軍隊的辦公室裡，而是在一個模擬的場景裡，離這裡很遠。是虛構的情節，夫人。還活著嗎？！當她真的意識到，一九六六年二月那個夜晚之後，他仍一直活在這個世界上，她緊繃的神經一下子鬆開了。現在是否還活著，我們沒辦法跟您保證，夫人。五年前，這部影集拍攝的時候，他還在。現在，如果他們最近還播放這部戲，並讓您的兒子出現在電視上，那麼您大可認為他們有好好照顧他。像這樣的戰俘，他們應該沒有多少個。

在還她重回平靜的寡婦生活以前，他們要她簽署保密條款，什麼都不准說出去，否則將遭追緝。假如您希望有一天能再見到他，就不該把這件事告訴任何人，您同意吧？叫您的孩子們也什麼都不要說。這是為了您的兒子著想。什麼都不要告訴鄰居。什麼人都不要說。媒體處處有眼線……這樣可能會害了他。而且，別忘了，他畢竟是一名士兵。他所做的事並不光彩，您也知道。一點也不光彩。此時此刻，我們國家在全世界好幾個地區都有軍事任務，對那些在前線作戰的人們來說，您的兒子實在稱不上是個好榜樣。

＊

一個以「子」結尾的名字

關於據說夜裡在女川核電廠發生的那場「小」意外，源英明再怎麼努力，也沒辦法得到半點具體可證的消息。在五點九級的地震後，核電廠的操作員否認有任何輻射外洩，特地費神寫了篇聲明稿，藉以消弭各方疑慮。縣政廳並未下令現場採取任何特殊安全措施。所以是否應該保持假設語句？源英明採用了這個保留給推算評估和隱射暗示的動詞時態。在《岩手日報》的「綜合版」上，用這種方式來敘述世界，無法滿足這個晚年才變成完美主義者的男人。他多麼想用現在肯定式來寫，但是，關於此事，需要經過證實。

他只能在森大叔身上碰碰運氣。森大叔是他在地方警察局的眼線，照理說五年前就該退休了。只要有可能，他絕不會錯過咨詢的機會。有人懷疑森大叔另外領了情報局的津貼，要不然，至少也跟他們暗中有一腿。不過，關於這件事，只能用假設句來說。

「沒有啦，兄弟，又是那些環保人士在炒作。你那座電廠一公釐也沒移動。而且周遭的空氣很純淨，這個星期天，你大可去反應爐下的陰影裡野餐……別管了。你知道，前天，我有想到你那個『奇聞追追追』的專欄。不過我沒打電話給你，因為那天不上班。」

「你總不會拒絕跟我再聊點什麼吧？」

「假如你很想聽……但絕對不能說出去，一個字也不能說，嗯？」

掛掉電話後，源英明深感後悔：他聽了這個故事卻又沒辦法採取確切的立場。要是可以只讓他挖掘問題，稍微探討一下就好，他會很高興。一個這個地區出身的傢伙，考古學者，一九七九年在海邊消失，很久之後，以北韓演員的模樣起死回生。這太令人難以置信！他已把並沒有真的外洩的核電廠拋到腦後，而森大叔告訴他的故事卻不斷浮現，並翻攪他部分記憶，尤其是這件事：赤色朝鮮的頭號人物自稱藝術人士。他主導並修改劇情。他生產了幾齣歌劇。這幾年來，甚至在繼承父親的位子以前，他便給自己送了一份極品大禮：一項極機密的行動替他綁架了南韓有名的美女演員，崔銀姬；後來，過了一陣子，又綁了她的前夫申相玉，目的在讓這對夫妻為北韓的利益發揮長才……這場荒誕事蹟是什麼年代的事？一前一後，兩人都在香港被綁架。兩人起初各自在北韓過了一段時間——一年？兩年？——但並不知道另一半也在此生活。源英明查看了報紙檔案，在一九七八年的檔案中找到了他要找的新聞。就在我們那位考古學者失蹤的前一年，他愣愣地想。然後呢？綁架一個考古學者，要他去當演員？但先前已經綁架過真正的演員了啊？這麼做根本沒有意義。有點什麼不對勁。崔銀姬和她前夫兩人負責振興平壤製片廠，就他們的案子而言，「親愛的領導人」堅持想法並且實行了……申相玉在北韓拍了有名的《平壤怪獸》。片子中，一隻用厚紙板和石膏糊成的怪物參與了一場人民起義，反抗欺壓小百姓的地主……被綁架八年之後，趁著一次在奧地利拍攝的機會，女星和她前夫雙雙成功脫北……

兩人先後在香港遇擄，就在考古學者演員失蹤前不久……源英明的記性擺明了不讓他平靜過完那天。他絞盡腦汁思尋另一件事。但到底是哪件事？考古學者的案子讓他隱約想起一樁他曾經親手編稿的社會新聞。他埋頭翻閱他的剪報本，藉以釐清思緒。每篇文章都喚醒他人生中的一小塊拼圖：他最早幾次被調派到「地方」，和歌山、然後是鳥取，後來又去了東北地區的北部，在那裡娶了一個女同事，現在已經離婚了，但那是另外一個故事。

是的，一起社會新聞鬼魅般的剪影逐漸在他腦海中浮現。過了一會兒，他的神情亮了起來。終於找到了……就是這個：鳥取，一九七八年八月二十日……

特派記者源英明鳥取報導。昨天下午，在鳥取地方的一處沙灘上，一對前

來消暑的情侶成了一次罕見攻擊的受害人。兩位婚約者戲水回岸上後，遭到好幾人襲擊。那些人將他們手腳綁起，扔進麻袋，顯然有綁架的意圖。幸運的是，幾位遛狗的路人當場撞見了這一幕。於是歹徒們丟下兩名從名古屋來度假的被害人，乘車逃逸。

記者記起來的，其實正是他沒寫進文章裡的事。當初那篇報導，他應該是在截稿前匆忙交差了事。其中一名歹徒對那兩個被綁起來的年輕男女喊出這句話：「敬請保持安靜。」當時，源英明並不覺得這句話有什麼值得注意的地方；然而那個傢伙說的禮貌形敬語卻與情勢完全不符。這項笨拙的誤用洩露出他是外國人的事實。他怎麼會疏忽掉這個關鍵細節呢？篇幅不夠，想必是這樣沒錯。思考的時間也不夠。另外也因為他不是警方的人，對他的讀者來說，這個細節沒有什麼真正的價值。

這件事回想起來，整個都不一樣了；他無法不拿來跟考古學者林桑的失蹤再現扯上關連。鳥取那幫歹徒，失手之後，是不是去了較遠的地方重來了一次？最近這一陣子，有人討論赤色朝鮮來的「假漁船」，趁著夜黑風高，偷運毒品來跟極道組織兌換現金。那些船回去的時候，是否載著被綁架的人質？

一九八七年八月該寫的部分，源英明沒寫出來。**綁架者們對兩名受害人的態度太過禮貌**。當初他本可以聚焦這個得不到解釋的「細節」，把它提出來才對。最重要的部分，他已經握在手裡，卻不覺得有必要討論。這樣的判斷錯誤，在長達十八年的職涯中，源英明或許已經重複犯過許多次。太掉以輕心，太粗心大意。因為他最喜歡的是沉溺於無所事事遊手好閒，曬著平凡小生活中的太陽；而非把事情調查個水落石出。而現在，退休的日子不遠了，他深深氣惱自己。是出於懊悔，還是為榮譽而戰？約莫是懊悔的感覺，讓今日的他重視自己不想再任由這類細節溜走的決心：擄人者在綁架時莫名其妙地展現出謙和有禮的風度。他並沒有誇張到說但願回到過去，回到一九七八年八月，重新撰寫那篇短短的文章。不過，的確有那麼一點想法。距離退休只剩兩年，他早已被冷凍起來，再也不需要取悅某某長官。他唯一還希望的是，不要愧對他的文字：他日復一日地鍵入，但看起來似乎沒有人閱讀的文字，因為讀者想必已經了解：源英明每次都讓那個關鍵的細節飛走。

對，從今而後，他不想再草草了事；對於那些模糊不明確、許多同事沒有時間追蹤，然而或可展現內行功力的線索，他顯得興趣盎然。

隔天，源英明開始打電話給其他地區的同事。他總時不時幫那些人一點小忙，像是查閱他這家報社的檔案，或給他們一些岩手縣的消息來源。有時候，某些案件的規模超出他的區域，這些報業王國之間的良好交流可就幫了他大忙。

大多時候，他得到的都是拖延敷衍的回應。跟他接洽的人們之中，七〇年代末期已在報社上班的少之又少。他們建議他去查查檔案。松江市、新潟、函館、福岡、宮崎：無論何處，得到的看法一成不變。他提出的問題引不起任何火花。沒有人回他電話，也沒有人寫信給他，就這麼又過了好幾個星期。然後。鹿兒島，一位《南日本新聞》的同僚給了他一個剛退休的社會新聞記者的聯絡方式。他通上電話了，那人告訴他，他會好好鑽研他的剪報冊，他把自己報導過的文章全都按照年份整理得井然有序。真是個偏執狂，源英明心裡想。他認為那人的熱心純粹是客套，開始告訴自己這件事不會有任何結果。

然而，幾天之後，他收到一份郵寄來的影印文件，是一則一九七八年八月的短篇報導：

沿海區的神秘發現。

週二晚間在389號公路旁發現一輛棄置的小客車，距離名古屋僅僅幾公里。報案居民看那輛車在海邊停了三天，覺得奇怪。警方於是展開調查。在車門緊閉的車內，警方找到一個手提包，皮包裡有持有者的證件：木村綠，住所位於鹿兒島。另外有一台小相機。年輕女子的家人聲稱，她星期六整天出門，跟未婚夫堀彰次一起去郊遊。截至目前為止，搜尋尚未得到任何成果。

退休記者還強調：據他所知，那對情侶始終被列為失蹤人口。警方已經結案，不再繼續調查，因為潛水員和警察在附近周圍都沒找到屍體。他又補充說——而那是他沒寫在文章裡的事——車內發現的小相機所拍到的照片中，婚約男女輪流出現，兩人都笑容滿面。拍攝地點有阿久根市的一家餐廳，而店家也證實星期六中午曾服務過這兩名客人；另外還有沿岸幾處不同景點。根據調查人員的說法，那些照片就是在情侶失蹤當日拍攝的。畫面上那對男女，即將展開共同生活，看起來這麼幸福，所以他們排除了兩人殉情自殺的假設。

*

源英明本來就預定在黃金假期的時候去東京，住在妹妹美奈子家，並在那裡跟幾個老朋友見見面。他打算趁著人在東京這段期間深入挖掘這些纏繞在他心中揮之不去的失蹤案。為了辦好這件事，他跟幾位公家機關的主管取得聯繫，特別是海岸巡防總部的人。

美奈子跟哥哥跟個性完全相反，不過兩人的感情倒是一直十分深厚。她總是穿一身黑，踩著厚跟鞋，臉上的妝化得本來就蒼白的膚色更加蒼白。她只對哥哥沒興趣的事感興趣，反過來也成立。至於她交往的對象是些什麼人，源英明覺得這個問題不深究也罷。住了四天之後，他實在受不了，只要有可能，就逃離那間狹小的公寓和叫人猜不透的美奈子。因為沒有工作，她大部分的時間都待在家裡。

跟朋友們會面幾次下來，看得出他們都想對他友善，願意幫忙，但一旦他提出某些問題，一種不自在的感覺就油然而生。人家知道什麼？不知道什麼？什麼時候會進入不確定和假設的灰色地帶？

在海岸巡防總部，說也奇怪，他們倒是大方給他看了一項戰利品，毫不為難。一艘假漁船，剛被打撈起來，放置在一間倉庫裡。五年前，事發當時，源英明曾聽人講過。他的導覽員讓他回想起那起意外的概況：一九九一年秋天的某一天，海巡隊發現有一艘船在捕漁區外不正常移動，於是展開近距離監看。

那艘船艦號稱日本籍，卻沒有任何登記資料。船的名稱純屬捏造。當他們以無線電連絡船隻，準備進行核對查驗之時，船長拒絕熄掉引擎停船，仍一意航行。而當他們鳴槍示警，船隻突然轉彎，加速朝北逃逸。在進入公海以前，海巡隊出動快艇和直升機追捕，而到了公海上，情勢驟然逆轉。那艘「拖網漁船」上有十五個人左右。一開始的接舷碰撞之中，海巡隊員們遭到好幾次機關槍掃射攻擊。槍戰持續了半個小時左右。神秘船隻的船首突然起火，不久之後，整艘船沉沒。沒有撈到任何生還者。

「看看後艙這一大片門板，」他停頓了一下之後繼續說：「打開之後，能夠放下一艘間諜小艇：就是您現在看到的這艘。」

記者睜大眼睛查看這造成重大犧牲之怪物的船艙內部，開始明白導覽員為什麼這麼說。

「船艦在東京灣和伊豆大島之間的海域沉沒……除了這艘難以偵測並追上的極速快艇以外，貨艙內還有潛水摩托車和各種規格的武器。根本是一整座兵火庫……」

導覽的海巡隊員在一堆雜物中翻找，指著其中一樣：

「還有這個，請看……」

那是一個男子的肖像畫，經過修飾，那笑容過於誇張，一點也不真誠。大紅底色上，北韓的建國之父。

「搭乘快艇和潛水摩托車，他們能隨時上岸。在我們驅逐那艘不回應我們查驗身份的要求便逃逸的快艇之前，誰知道他們這麼操作已經有多久……我們在偽拖網漁船附近海域追丟了他們，這讓我們更覺得可疑。」

「靠近海岸了嗎？」

「距離一個情報局已暗中監管了一陣子的地方不遠：一棟濱海別墅，在真鶴岬那一帶。或許，您也知道那裡？」

「……」

「非常美麗的一個小角落。那邊有一座莊園別墅，屋主是某位佐藤醫生。

這人已消失無蹤。佐藤是個假名，他其實是一個在日朝鮮人。這位醫師的家族在一九三〇年代從韓國移居到此。」

過了兩天後，天氣很好但空氣潮濕，源英明很早就從東京車站出發，四十五分鐘之後，從新幹線列車回聲號下車，抵達熱海。他在路上看到的第一家民宿租了一個房間，然後搭計程車到海岬。「佐藤醫生」的名字的確刻在金屬門牌上。源英明按門鈴碰碰運氣，然後去附近繞一圈。天氣已經非常炎熱，隱身在葉叢中的蟬隻齊聲唧唧鳴唱，處處一片震耳欲聾。他沿著一條小徑緩緩下坡，來到一個小海灣。他找了塊石頭坐下，面對相模灣。在那座白色別墅中曾經可能發生了什麼事？北韓的情報員們應該曾在那裡過境。說不定被綁架的人質們也是。佐藤醫生發覺自己已被盯上後，是否曾經嘗試搭乘那艘假漁船逃跑？記者真想進到別墅內偵查一番，但那就非得翻越圍牆不可。至於屋門，每一道都上了鎖。警方應該已經做過一番詳細的考證工作……再說，林茂當初人間蒸發，後來又在遠處重新現身，以北韓電視螢幕上放映出的「形影」回歸，與這一切有什麼直接關連？

源英明回到民宿之後，發生了一件奇怪的事。當他進入回房間的走廊上時，有個他在大廳也看到過的男人跟著他走來。「源桑？」當記者抵達房門口時，那人開口詢問。「我希望能跟您聊幾分鐘……」在酒吧坐下後，那個中年男子，彬彬有禮，面帶微笑，遞給他一張卡片——不是印著姓名和頭銜的名片，而是加了護貝膠膜的證件，顯示他屬於內閣調查室別室（ないかくちょうさしつべっしつ）*，源英明臉色發白。「放心，」對方說：「您什麼都不必害怕。」

後來到了晚上，等待睡意降臨時，源英明不斷想著那場對談。他發現他的神智在某段話上特別畫了紅線，細節明明白白地刻印在他腦海裡。

* 原註：亦稱「內調」（ないちょう），「內閣調查室」也就是中央情報機構之意。

「海巡隊的人跟您說的事情並不假。他們應該給您看了那艘打撈上來的船艦，對吧？他們很愛拿來炫耀。他們的目的跟我們的並不一樣。他們希望媒體盡量大幅報導；我想他們自認在對抗北韓走私的事務上有點被孤立……他們想藉此讓撥給他們的預算提高；這不能怪他們。他們應該也跟您談到了海岬上的別墅，否則您在熱海應該沒什麼重要的事要辦才對……這個佐藤，在他的醫師招牌背後，隱藏著另一個完全不同的職務：北韓的潛伏特工。前不久，他很倒楣地被『叫醒』。因此那個地方成為監視目標。您對幾椿離奇失蹤案很感興趣，不是嗎？媒體有媒體的自由，這不是問題。源桑……我並不想干涉您為了職務所進行的活動。不過，我有必要防止您做出草率的結論……狀況比您所想像的複雜。也許您認為您已經拿齊所有的牌？我可以正式告訴您，很遺憾地，並非如此……之後，您要做什麼都可以，當然。但我希望先確保您真的有好好考量到每個層面，並且評估過所有風險……」

講了一陣子之後：

「如果，真如您所想的，有人被強行架到那個國家，提起一件我們沒有證據的案子，您真的認為可行嗎？您和我們都沒找到任何蛛絲馬跡。種種懷疑，當然，甚至很多。但就這麼引發外交危機，威脅到可能存在的那些人質的安全……您能評估影響有多大嗎？都是人命哪，源桑……海巡隊很久以前便已證實，深夜裡，那邊常有船過來，運送毒品上岸，而船上的人跟一支黑道組織有勾結……這一切，非常棘手，因為那支幫派在某個勢力龐大的政治陣營內部有幾個串通對象——言外之意，親近政權，不是嗎？您知道的……而且，我們寧可這場棋下得盡量低調，不要妨害區域平衡。關於那些失蹤案，最好在檯面下插手，避免公開羞辱他國……我們跟那一國的關係已經很糟。韓國，不論南北，都一點也不喜歡我們。在連半點證據都沒有的情況下，讓平壤喪失顏面，那可是我方的錯，後果恐怕不堪設想……」

源英明很快就明白探員本身也對此事充滿好奇。身為記者的他把先前做出的交叉比對及蒐集到的疑點線索一五一十地告訴探員。當他聲明自己並不打算寫相關報導，任職報社也並未派他來東京出差，探員的態度和緩了下來。「真是萬幸。」從他的臉上可以讀出這樣的心聲。那男子於是一下子多話起來，以至源英明還問了他內閣調查室從什麼時候察覺此事可疑。

「我不能向您全盤托出。有些事屬於機密。在眾所皆知的著名事件中，您想必還記得，大約十年前，大韓航空一架客機的失事案。當班機中途停靠柏林時，一名亞洲女子因為持日本假護照被捕。跟她同行的男子在即將被抓之時自盡。而那女人，她活下來了，最後終於坦承自己身份。她對我們的南韓同儕所揭露的事引我們起疑。我只能告訴您這一點：她曾在她的國家接受訓練，讓自己成為一個無懈可擊的日本人。而根據她的說辭，負責指導的老師，是一個日本女人，很年輕，二十歲到二十二歲左右。」

「你們找出她的身份了嗎？」

「您說我們能怎麼辦呢？……那個北韓女間諜記不清她的名字了。正子還是直子……反正，一個以『子』結尾的名字。有了這個線索，我們現在可進展了不少……每一年，多少人叫這些名字：正子、直子、圓子、紀子、史子，不知道還有什麼其他的子，沒留下任何蹤跡就消失了。而且，光憑一些推斷預測能做什麼呢？線索太微弱。您也知道，那個國家留給我們一堆謎團，而且並沒打算結束。美國中情局深信那個政體只剩幾個月就要垮，頂多再撐幾年。我可不敢這麼肯定。過去那個國家深諳縮頭避險之道，而且長期封閉，與外界隔絕。其實跟我們一樣，不是嗎？」

*

翻天覆地

天氣晴朗的日子裡，像那天那樣，湖的對岸清晰可辨。隨著雨季接近，這個現象愈來愈少見。有時候，為了換換腦袋，她會試著去明白，這座遼闊無邊，撫慰她心情的湖，為什麼取了這個名字，跟一種古時候的樂器扯上關係。是因為它的形狀？她看不出來。也許，在高處，從叡山（Hiei）看下來，會覺得非常明顯；但是自從他們在這裡生活以來，她從來沒有去過那座聖山的山頂。

她走了很久，穿越森林，剛回到家，泡一壺茶等丈夫回來。可憐的一郎（Ichiro），女人歎了口氣。幸好，他就快退休了。再這麼下去實在難以忍受。

敞著窗的客廳裡，面對風景，她剛在坐墊上坐穩，電話鈴聲響起。

「田邊家，您好，請說……什麼？……有，是的……怎麼……啊……這樣的話……我先生？他六點左右會到家……沒錯……明天？……對，大約這個時間。我只希望這次的線索不假……您知道，我們已經多次……好，好的。麻煩再告訴我一次您貴姓？」

隔天，依她的性子，時間過得實在不夠快。中午過後，她去參加了一個宗教聚會。那些聚會多少能排解她的鬱悶，讓她尋回靜謐的心靈，維持一陣子。這一周追加一劑的強化針，在最黑暗的時期，總算也幫了她；而她多麼希望，丈夫也能一起……但是，她和他，他們畢竟不是同一類人。她喜歡這個教團的成員們……他們全都是大津人。她喜歡這個城市的居民，人人都很自在隨和，不像京都人那麼拘謹刻板，雖然兩地距離這麼近。

等待丈夫回來和打電話來的那人之時，田邊太太收拾了一下家裡，儘管一切已十分乾淨整齊。

一郎準時到家。接著，她察覺森林大坡道上傳來引擎聲響，而當她聽見輪胎壓在碎石路上時，便急忙跑出門外。

「請進，我們正等著您來。」

「希望不會打擾兩位太久。」

「一點也不打擾，很久也沒關係。」

男主人從客廳裡走出來，訪客在他面前彎腰行禮；脫下鞋後，進入室內。男女主人皆沉默不語。源英明突然害怕自己走錯了路，讓他們失望。

離開東京以前，他查閱到他在意的那幾年間的失蹤人口名單。從一九七六年起，他順著時間往下看，一面記錄。名單上寫著的那些姓名、年齡和最後的住所地址，在今日，很可能，只成了幻影。他只關注日本沿海地區人間蒸發的那些，以便縮減調查範圍，並且只看案發之時為青少年或剛成年者，這麼一來，數量便又少了許多。當然，不能排除離家出走的狀況。而當名單上的人被找到了，無論死活，檔案資料會特別標明指出。他記下了好幾個正子、直子、紀子。

接下來的幾個星期，他一個個打電話，聯繫那些人的家庭。部分家庭跟他見了面。曾有兩度，他們向他坦承，失蹤女孩最後寫了信回家，請父母別再找她，要他們放心。我很好。於是做家長的，羞愧感作祟，未再告知警方或周遭的人。

就這樣，有一天，源英明打了電話給田邊夫婦，他們的女兒直子在十三歲的時候失蹤。他回想起情報探員說過：有個女間諜接受了一名日本年輕女性的培訓，年紀輕輕大概還是個青少年，頂多二十歲。日籍女教師曾把自己的名字私下告訴該名女間諜：好像是直子還是正子之類。概述輪廓似乎對得上。情報單位可曾往這條路線探索？有種直覺告訴他他們連試都沒試過。顯而易見地，這一次，他們一點也不想打破砂鍋問到底。

這一切，他緩緩地解釋給田邊夫婦聽。要重新找到這對夫婦並不容易。在新潟，買下他們房子的新屋主不知道後來他們搬到哪裡生活。搬家已是多年前的事了。

「八年。」做母親的說出確切數字。「自從直子失蹤後，那座城市令我作嘔。我再也無法經過她失去蹤跡的那條街，就在我們家附近。我再也無法忍受那間房子。她的房間空無主人，掛在衣櫥裡的衣服永遠是那些，彷彿她停止長大。電話鈴響，從來不是我們心裡期待的人。大海始終沒有沖回屍體。在那裡，到後來，我簡直瘋了。」

「我們努力撐住了好幾年。」聽到妻子的聲音哽咽起來，做父親的接著說下去。「我們原本希望她能回來。我們很想相信終有這麼一天。我甚至去了山谷區*，因為據說有不少失聯人口，儘管年紀還小，也能在那裡找到避難之所，靠著打零工過活。為了找她，我在山谷區晃蕩了好幾個小時，去酒吧，商家，拿她的照片請陌生人指認，請一家家柏青哥店的老闆指認，去了各種所有她可能進得去的場所，但一無所獲。」

「北韓。」做母親的喃喃地說，彷彿從遙遠的夢中醒來。「假如我等的是這樣的結果……你看吧，一郎，我一直知道直子還活著。」

她微笑起來，同時忍不住流下淚水；一如陽光照穿傾盆大雨，生成彩虹。

「促使我做出推斷的起源，」記者繼續說明：「是另一名失蹤者。一位叫做林茂的考古學者。他在令嬡出事幾個月後也失去蹤跡。同樣地突然人間蒸發，而當時，他獨自一人，在東北地方北部海岸散步。電話中，我問過您家裡有沒有錄放影機，因為這個男人出現在一部北韓拍攝的電影中……」

「直子去那裡做什麼？為什麼找上她？」

「當初我在新潟一直找不到兩位，於是去港務局的檔案室繞了一圈……在令嬡失蹤的幾個小時後，有一艘開往北韓元山的渡輪啟航。」

那艘可載車的渡輪……直子和弟弟還小的時候，某個星期日，父母曾帶他們去港棧（bassins du port）旁邊玩，指「大船」給他們看。因為他們兩個都喜歡海，夢想著，有一天，要來一趟長長的渡海之旅。他們那時看見一艘船繞過防波堤進港，船身上寫著韓文，掛著的旗幟令人背脊發涼。做母親仍記憶猶新。

＊ 原註：東京邊陲一個貧民區，為臨時工聚集的人力市場，現有許多便宜民宿，成為背包客勝地。

當時她不想告訴直子那艘渡輪來自哪個國家。

「希望我們能一起看一段影片。」訪客又說。「你們會發現剛才說的那個男人，笨拙不自然，在那裡也根本格格不入。然而他偏偏就出現在裡面。」

錄影帶卡匣滑入送帶口，機器開始播放。源英明把影片快轉到某一幕場景。「不會很長。我想請你們看看這個日本人。」

那一幕中，一個男人正準備走出公寓。他剛套上一件雨衣，確認電話答錄機已設為開啟。他一手握住提袋，一手把門打開；電話鈴聲突然響起。就在這個時候，田邊直子的母親驚叫一聲，請記者倒帶。她緊緊抓住了丈夫的胳臂。「這裡，麻煩您在這裡暫停！」記者依她的要求操作。「那個提袋，一郎，你看！直子上羽球課時用的也是同樣的提袋。」

黑底布上印著白色富士山。這個提袋，當然，製造出產時不會只有這一個，但這個巧合令人不知所措。在那個不准販賣任何日本商品的國家，一只同牌同款的提袋……「直子的姓名已經被洗掉，所以可以發現那塊地方的黑色比較淺。」做母親的繼續說，做父親的則看著她點頭。

那一天，直到那一天，源英明確定，在海的那一岸，曾經替一名女間諜上課的女人，的確是這對老夫婦的女兒。經過了多少個星期的鑽研尋找，他終於嘗到勝利的滋味。如今，他知道在他退休那天，要跟那些年輕同事說什麼，甚至可以開場演說：「永遠不要猶豫，把綁架者對被害人用過度禮貌的語氣說話這件事寫出來。永遠不要猶豫，把你們覺得最古怪荒謬的事寫出來。把你們的直覺已經預先感受到，但理智卻放棄了的事，寫出來。」

*

回到報社編輯時，記者忽然有點不寒而慄之感。他猶豫了。應該說出來嗎？還是遵從情報單位的建議，絕口不談他查到的那些事？他的上司，因握有一個上選題材而樂不可支，頻頻催促他交出一則長篇報導。我們將是獨家首發。

這個故事應該拿出來，不該拿出來。應該，不應該……源英明拿各種比喻咒罵自己不是東西，最爛的是，還是個膽小怕事的弱雞。你又不是活在史達林政權，他們不會因為這麼一點小事就讓你失蹤。他們甚至懶得理你。熱海那個探員也只讓人怕一小下子而已。他只不過試著勸你打消念頭。至於然後的事，他們心知肚明但是不說。那是他們的問題，不是你的問題。想必他們也知道那個直子的父母就是那兩位老人家，但他們假裝一無所知。政府自有政府的道理，跟凡人小老百姓的考量完全不可同日而語。

源英明最終說服了自己，相信把調查公諸於世穩贏不輸。整份調查佔了三個版面，引發巨大迴響。

對田邊直子的母親來說，從記者把錄影帶停格在一只運動提袋上那一刻起，她就展開了另一段人生。不下一次，各家電視台都來訪問她。每一次，她的丈夫都陪在她身邊，看上去敦厚老實，贊同支持，面帶微笑，但絕大部分時候都閉口不言。做母親的則滔滔不絕，眼眶泛淚。媒體的要求她從不拒絕。這都是為了她的女兒。在她看來，翻天覆地，拔山倒海，再正常也不過。她沒有極限。過去讓她痛苦了一輩子的害羞個性已成遙遠記憶。她的女兒還活著，她有血濃於水的生物性認證。

考古學者的親友們也動員起來。其他失蹤者的親人們也出面表態，加入他們。而在一九七七、七八、七九那幾年間，某一天，在沿海地區消失無蹤，就好像，在海的對岸，有人下令來場人質大豐收似的，那些人口還不算在內。他們有幾十人。田邊直子的母親舉辦主持公開聚會、促進認識事件的宣傳活動。街頭上，某幾處部會機關門口，手裡持著擴音器。她四處遊走，走遍全國。媒體對於官方的沉默憤怒不已，為人間蒸發的受害者家屬發聲，強烈要求將事態明朗化。媒體提醒政府履行義務。田邊太太被暱稱為「幽魂的熱情之花」。

直子的母親還住在新潟時，經常去海邊的野灘。她靜靜坐著，祈求浪濤之神將直子還給她。那時她永遠想不到秘密就藏在這個方向，但是非常遙遠：

遠在層層捲浪之後，在那一大片遼闊的海面之後，隔著它，兩邊的世界不知彼此。「希望有一天，」她引用自從女兒消失後開始篤信的基督教寓言許願：「願這片怒海狂濤終能平息退潮，讓直子能朝她走來，要不然就讓母親朝她走去。」二十年，她心想，從那個十一月的傍晚算起已過了二十年。如今，她應該是三十三歲。如果在街上跟她擦肩而過，我不確定是否能認出她來。

由於傳播媒體緊抓著失蹤者的家屬和失蹤者本人不放；由於政治角力場上部分派系怒斥「齷齪的北韓人」，揚言要在這件事上討回公道；由於田邊直子的母親懂得如何感動人心，讓一場場的聽眾轉而相挺失蹤的人們；由於她得到的連署多到數不完；由於示威請願活動開始失控；還有，由於義憤填膺的演說者們人手一支擴音筒，讓人深切感到政府的無作為，一名部長終於接見了失蹤者們的家屬，傾聽良久。這一陣子以來，他發現自己的職責範圍擴大了：現在他還身兼失蹤者代表部長。「相信我，政府確實已做出因應行動，只是沒有大肆宣揚。」他安撫眾人。「而我們的介入愈溫和，愈低調，得到成果的機會愈大。請耐心等候。我們不該對他們趁火打劫，進而喚醒『十五年戰爭』的惡靈……請給予我們信任，特別是，別製造太多喧嚷，那恐怕反而對我們不利。」

家屬代表團走出來時一言不發，彷彿遭到電擊麻痺，困惑不安且不可置信，一時還沒辦法正視自己的國家竟可能不站在他們這邊之事實。晚上回到家後，田邊直子的母親回想起曾有人試圖打消記者寫出報導的念頭。記者先生，他堅持住了。那麼她也應該堅持下去。她與丈夫一起觀看記者先生拷貝給他們的錄影帶，把考古學者握住運動袋的片段看了又看，彷彿他們的眼睛就快要看見：黑色尼龍布上，女兒用白色麥克筆寫上的名字重新浮現。

*

返鄉記（Retour à Ithaque，重返綺色佳）

人造衛星進入軌道之後的日子裡，每天晚上都傳回一幅極其奇怪的畫面，實在太奇怪，以至於，一開始，有些人猜想是儀器運作不正常。這張照片上，半島的南半部星狀分佈著燈火輝煌，而一條用尺畫出的直線北邊，則是一片暗色，簡直可說全部漆黑，只在北方首都之處透出一團模糊光暈。夜復一夜，依然不變，讓人覺得半邊天天施放煙火，燃燒信號彈；而另外半邊的所有人卻關燈熄火混日子，偷偷摸摸地，只怕引來炮彈轟炸。

要描述北韓生活的神秘面紗，沒有比這一片漆黑更好的寫照了，情報員們一手不可置信地撫著下巴，心裡思忖，然後歎氣。

如果太空站上載有一座望遠鏡，大白天中，聚焦對準下方世界的那一片區塊，應能辨識，首都圈某處郊區的道路積雪，白色路面直直延伸，劃過黑色山頭，宛如長鞭，一鞭鞭抽在針葉林植被上。

在距離一條沒有照明的馬路幾公尺處，有一家人正在傳統的韓屋內準備晚餐。這幢老屋的屋齡應該已將近一個世紀，在一個被一場不遠前的戰爭嚴重蹂躪的地區，這並不常見。初入嚴冬的豐厚積雪中，開闢了一條雪牆通道，直達門口。門旁用一扇窗戶加強穩固，沒有加裝窗簾，所以正好可能可以看穿裡面。玄關附近，幾層架上擺放鞋子。最高的那一層放著一只軟趴趴的提袋，至今充分提供了各種用處：側面印有富士山的黑色運動袋。想必他們去附近偷摘水果或去城裡購物時會帶上它。那天晚上，平時出門時握著提袋的那雙手，在稍遠處，已擺好飯菜的餐桌上操忙。

圍著這張桌子坐著的是吉姆．賽科克、他的妻子岡田節子和兩人的孩子們，現在他們都長大了。實在是歲月如梭：牆壁上，每日撕下一張的那種日曆顯示的日期是某個二月的星期五，至於年份，二〇〇二。「對了，」吉姆．賽科克的目光瞄到日曆時心想：「再過幾天，我越過邊界來到這裡就滿三十六年了。」

三十六年！當他在一九六六年那個天寒地凍的夜晚走過那短短的三公里路時，他從來未曾片刻想像自己會走向多麼詭異的未來。從那時起，他在美國的家人永遠停留在當年的模樣；他無法憑記憶讓他們老去。無論如何，其實他並沒有經常想念他們。他們屬於一段已經塵封的存在。他永遠不會再見到他們。他再不會離開這裡。畢竟，他是在這裡認識了妻子，有了自己的孩子……

每天晚上，吃過飯後，吉姆．賽科克總是焦急地頻頻看鐘，兩幅肖像下方的掛鐘。他不想錯過短波廣播的新聞。當初他們分派給他一台收音機，要他截取新聞播報內容，並把與韓國相關的部分翻譯出來。如今上面早已不要求他做這件事……幸好，他們沒把機器要回去。

一如每個晚上，當分針快要走到十二的時候，他從餐桌邊站起，走入主臥室：真空管收音機在那裡等著他。進房之後，他把房門關上，以便好好收聽，不受家人打擾；然後，搜尋自由亞洲電台。收訊狀況還不錯。一般來說，播報的字句聽起來像是遇上了大氣干擾，而其中有些話就是傳不到該聽到的人的耳朵裡。但是那天晚上，所有的一切都傳到了。吉姆・賽科克突然抓起一隻筆，開始記錄。他顧不及思考，無暇去管聽到的內容影響有多大。新聞播報結束後，他並未立刻起身。他真的聽清楚了嗎？他把自己寫下的筆記重讀一遍。五分鐘過去，他妻子打開了門，因為沒再聽見廣播聲響也沒看到他出來，有些擔心。

「怎麼了？吉姆？發生了什麼事？」

「日本首相今天來到這裡出訪。」

「我知道，這不是預定好的嗎？」

「對。但是在他離開之前，出乎所有人意料地，北韓交給他一份日本人名單，承認當初綁架了這些人。他們甚至道了歉。然後，這些日本人將獲准探訪他們的親人。」

「去日本？」

「對。」

「噢，不……」

節子匆忙坐下，她的雙腿再也站不穩。

「他們提到有十三名日本人被綁架，但沒有說出名字。他們說只有五個還活著。這需要再聽幾次才行。」

「但是為什麼？我的意思是，為什麼他們現在要做這些事？」

她的聲音顫抖不已。

吉姆．賽科克在試圖說明之前猶豫了一下。美國人剛擺了他們一道……中斷了給他們的援助，說他們屬於「邪惡軸心」。然而北韓急需一筆援助，否則，在這裡，一切很可能快速崩解……因此他們轉向其他可以伸出援手的國家，而蘇聯已不再給予支持。那就剩日本了。每個遭軟禁的人質都被拿來當做籌碼議價……但是這一切，廣播是不會告訴你的。

等不到一個小時，他們收聽了NHK。這次換成做妻子的聽寫筆記。對，十三人，北韓官方承認了，隨後給出一份令人毛骨悚然的總結報告：其中八名被綁架者已經死亡，或因為車禍，或瓦斯中毒，或者因為健康出了問題。

那天晚上，北韓的電視新聞稍微延遲開播，只晚了幾十秒，加上焦急不耐的心情助長，夫婦兩人一時還以為主播不會出現了。他溫吞吞地上台，彷彿為了讓那朗誦般的誇張語調顯得更加莊嚴。這又是一場勝利：日本首相終於公允地認同北韓的領導人們，特地前來拜會以示尊敬；而寬宏大量的北韓則坦誠有幾名日本人在此地生活。為了增進雙方對彼此的信任，韓方甚至願意讓他們回祖國進行一次探訪。

吉姆．賽科克和妻子互望一眼，什麼也沒說。

那一整晚不斷搜尋，專心凝聽韓語、日語、英語。一直要等到晚上十點的NHK新聞播報，仍存活的日本人之姓名才被一一唸出。吉姆．賽科克不是句句聽得懂，但聽見岡田節子幾個字時，他轉身看她。她臉色發白。

「直子，」她低聲說：「他們沒有提到直子。」

遲至深夜，日本廣播帶來確切的消息。已逝的八名之中，有四人因一氧化碳中毒身亡。其中包括一九七八年八月在鹿兒島縣的長島一帶被擄走的堀彰次和木村綠。另一人，名叫林茂的考古學者，一九七九年九月十四日在青森縣失蹤，因交通事故喪生。另外兩人則因疾病不治。至於田邊直子，凌晨兩點的新聞快報廣播指出，她患有嚴重的憂鬱症，自殺身亡。這是北韓官方給的說法，並附上了女孩成年後的幾張照片給日本首相。

節子遭受一記打擊。回想起在外匯商店最後看見直子的那一天，她淚如雨下。她回憶剛來到此地不久，兩人共居一室的那段日子。一幕幕記憶湧上，順序亂得可憐。當初要是沒有少女支持打氣，恐怕陷入憂鬱的是她自己。直子死了，她不惜任何代價都想實現這趟日本之旅——為了她自己，更為了直子。為了去那裡，找到她的父母，把他們女兒的事說給他們聽。沒有亮光的漆黑之中，斷斷續續地，她把這個心願告訴丈夫。

「我們得離開。我先過去，帶上孩子，如果他們可以接受的話。然後你，只要一有可能就來。他們不能把我們分開，既然已經讓我們結婚就不能。我們要把你從這裡弄出來。」

她明白官方用「回祖國探訪」這個說法是為了避免喪失顏面。沒有人會在「探訪」之後再回來。

深夜中，節子陣陣淚流，間隔漸漸拉長。滑落臉頰的淚水不止，而現在終於有時間風乾。那是絕無僅有的苦澀之淚，有時也滲入一行欣喜的淚珠。重見日本！一股不自在的感覺刺激著這份剛萌芽的喜悅。到了日本那邊，我該怎麼跟他們說明，這整段歲月，我在這裡過的是什麼樣的生活？她自問。是啊，他們怎麼了解？他們不會了解的。等著我們的那些人想必寧願看到我們骨瘦如柴，穿著集中營倖存者那種條紋囚衣，走起路來有如行屍走肉……然而，這下好了，在這裡，他們把我們餵得飽飽的，甚至還讓我們結了婚。吉姆和我，他們沒有虐待我們。我們有點像是他們用來展示的戰利品，而且還很有用，並非只是裝飾品……吉姆在他們的電影裡演出，還教他們說他老家的英語；而我，呃，我是吉姆的妻子。我們可以進出外匯商店，住在一棟挺有風情的屋子裡。回去之後，怎麼跟人家解釋：我們並沒有一天到晚悲慘受苦？

他們在清晨睡下，因為廣播所講的事已沒有一項他們不知道。第一班公車的引擎聲不久後就會在路邊隆隆作響。車輪會打滑，噴濺出一點一點的髒雪。他們像平常那樣躺下，明知睡神不會來光顧，而且，就算有了睡意，一定也會綴上各種怪夢，夢中浮現遠方的親人。床的這一側，吉姆．賽科克明白情況很快就不再是他所能掌控。於是他擔憂害怕起來，焦慮的情緒滾滾湧上，如同當年那時，他終於認栽，明白他們永遠不會把他交給蘇聯，到生命結束前，他都將被禁閉在這裡。夜間的新聞宣告的不是他的自由。恐怕有一段時間，他又要孤單一人。一段時間？那孩子們呢？他們將獲准陪她前往，節子深深這麼認為。

就現下而言，他們還未好好設想後果。頂多就是，在只有收音機燈亮的幽暗房間裡，收聽各家國外電台時，他們互相對望了一眼。想來兩人都希望先把自己的心意探問清楚，再跟另一半說。畢竟，從此以後，話語很可能變成某種危險操作的素材。謹慎為妙，以免他們傷害自己深愛的那個人。以免另一半賭氣鬧彆扭或驚慌失措。

他們試著入睡，如平時那樣手牽著手。睡著了以後，說不出的話或許會鑽入另一半的心裡，於是，醒來之後，各自都能看清枕邊人的想法。吉姆・賽科克真希望能讀出妻子在想什麼。然而她什麼也沒想。她整個人處於呆愣狀態。如今在北韓住得比在日本久的她，剛才才知道，現在腳下踩著的那層冰，她已在上面走了許久，而它其實比看上去要薄得多。冰層下面，她隱約看見幾個身影朝她衝上來，甚至將薄冰撞裂。

就像這樣，過去的景象在岡田節子的腦海噴發。她的母親。她的島。八月的午後，橋頭旁，她們被捂住了嘴。她的父親。還有那個年輕男人，那時她喜歡他，但不知兩人是否真的相愛。

隔間牆板後面，孩子們熟睡著。兩人什麼也沒告訴他們。他們看到爸媽很忙，關在房間裡，專注凝聽世界的紛擾。道晚安的時候，他們什麼也沒問。直到現在，她才又想到他們。在這裡土生土長的他們，他們會有什麼反應？

這天晚上，岡田節子應該要高興才對。但她卻沒有。最初的激動被不安取代，一如南風轉成北風。對，孩子們。只會說韓語的他們，等她宣佈：他們要去日本進行一次「探訪」，他們會怎麼反應？而且還得據實以告：爸爸要單獨留下？那個日本，從小學起，他們就學到，那是世界上最糟糕的地方，另一個則是美國。等她把外公，姨媽，和表兄弟姐妹這些聽不懂在說什麼的人們介紹給他們，會發生什麼事？她後悔在他們小時候沒能教他們半個日文字，並把真相隱瞞了這麼久。現在，老大恩玉明白母親出身的來龍去脈只有兩年。而她的弟弟是在十四歲生日那天才知道的。她要他們發誓絕對不可告訴任何人。洩露家族秘密時，相較於做姊姊的聽得聚精會神，老么卻……一開始，她好怕他會嫌惡她，背叛她。

母與女

她一個字也不相信。直子死了？那她應該會知道才對。她，身為母親，應該比透過官方管道傳來的通知訊息知道得更早才對！為人母者，總有辦法跟自己的孩子連結感應，而國家政府，無論再怎麼強大，也無法用這種方式聯繫其僑民。然而她心中自有堅定的信念：她的女兒還活著。他們試圖騙她，當然，但她不會上當的。自殺，上吊。還有什麼其他的……何況，北韓採檢並送交日本政府的DNA樣本根本不符。他們剛拿出了證據來自打嘴巴。假如她真的死了，要證明有何困難。現在，要模糊焦點何其容易，而這正是他們想要的：我們曾經歷毀滅性的大洪水，墳墓都被大水沖刷捲走，我們不能保證殘存下來的是否確實屬於某某人……那為什麼不在第一時間就說？北韓人會抵死不認。他們自認已完成他們該做的部分，為那幾樁小小的綁架案敷衍道歉。奇怪的是，他們提供的死亡證明全部來自同一家醫院……

直子的母親與其他受害者的親人試著呼籲日本官方重視這一點。他們寫道：八名日本人在那個國家死於不同日期，不同因素，但同一家醫院，諸位認為正常嗎？那批朝鮮人所呈交的報告明顯錯誤草率，很可能是上個月接到命令才被迫產出的文件，臨時編造出來的，這是否在公開嘲弄我等家屬？

做母親的並不氣餒。她知道，她的人生，早在直子被抓進一輛白色汽車那晚就不再屬於自己，只有在他們把女兒還給她之後才可能重新運轉。為什麼要讓大眾以為被綁架的日本人中只有五名還活在這個世上？為什麼是那五人而不是直子？最常推論出的解釋與交易籌碼有關。他們釋放五名人質，因為他們亟需經濟金援。其他人留著之後使用。他們會根據他們自己決定的節奏，一個一個慢慢歸還。有人繪聲繪影地說他們不只綁架十三人，說不定有好幾百人。還有人說有一些日本漁夫也被北韓抓走，訓練改造成間諜見習生，因為他們熟悉沿海地形……在首都東京，政府到底知道多少？檯面下，政府在做什麼？

有在做什麼嗎？

做母親的把北韓官方轉交來的一幅照片裱框放在客廳裡。他們的女兒，二十六歲的模樣。在陌生人按下快門那時，照片中的年輕女子在異鄉無父無母的生活與在自己國家與雙親共度的歲月一樣長。直子微笑著。被綁架十三年後，有可能感受到喜悅或滿足嗎？母親不知該作何感想。如果她女兒的笑容並不是裝出來的呢？如果她在那裡真的過得快樂呢？要是田邊太太能得到證據證實她幸福，也許她會停止抗爭。她經常望著那張照片出神，認出了直子，卻又不認識，期待這張臉終將露出她還沒看過的那一面。而她忍不住另外想像是直子懷孕了，正值初期幾個月，於是出現相框裡的微笑。在那裡，誰知道什麼是非做不可的呢？當你一定得在心口上別一個歷史領導人物的微笑胸章，難道，你不也是，得把微笑當成義務嗎？一副沉重憂傷的表情，難道不會被視為等同褻瀆領導嗎？

自殺，他們那邊說，並指出悲劇發生在二〇〇一年。由於憂鬱症纏身，毫無起色，直子自我了斷，當時她是一個三歲小女孩的母親。她的女兒才不會把一個那麼小的孩子留在世上，結束自己的生命。孩子的父親是誰？所以他們為什麼要這樣把直子藏起來，宣告她已死？那麼她得要在那裡擔任要職才行！但會是什麼重要職務？說不定哪個情報單位出身的脫北者可以證實她還活著，或者至少在他脫逃之前她還活著，而官方之所以對外宣稱她已死，是因為她其實是某個極高層人物的情婦。做母親的不知道該相信什麼，該怎麼想。她的腦子活像一間酷刑室，滿溢一股尖銳的疼痛。最糟的是，這股疼痛毫無用處，宛如一隻天竺鼠，困在籠子裡，不停地踩啊踩，而輪子只會不停空轉。

*

戰勝站的女大生

吵醒她的是什麼聲響？夜裡這個時刻，一切看來那麼寧靜：屋子裡，屋外的小公園，直到街道，白天時可是熱鬧非凡。現在，連一隻貓經過大概都能被聽見。

當他們派她去炸毀飛行中的班機時，以往那麼規律又深沉的睡眠，突然失調。先前可睡上七、八個小時，現在則不到三、四個小時，而且還頻頻被猛烈的暴風雨打斷，她經常尖叫著驚醒過來。

在首爾，他們配給她的宅院位於城北區，與她在很久以前的某個深夜，為了向教官們證明她可以成為完美的情報員而潛入的模擬使館出奇相像。這讓人不禁以為，在北邊，當初他們就是拿這座佔地遼闊，專門接待南韓政府賓客的莊園當樣本……而現在以個她殘殺了大量人民的國家，她竟成了賓客，因為她認罪悔改，因為她願意合作。

兩棟建築的相似性不僅沒有讓她安心，反而必然是加重失眠的因素；而且，在這間有兩名貼身保鏢保護她安全的房子裡，每當暮光愈來愈黯淡，她的身體就開始不舒服，這個狀態一定也與此事有關。黃昏時分，世珍常會感到一陣陣強烈的焦慮，使她宛如被掏空了一般，幾近虛脫。她心中深信：在距離此處遙遠的假大使館裡，他們正在訓練某人溜進這座莊園，不是為了偷走哪個保險箱裡的文件，而是為了做掉她，做掉她蔡世珍。

然而，城北，多麼詳和寧靜的一個區塊啊！一幢幢大老闆的別墅，演員或電影製片的豪宅，而在噴氣機族富豪的安樂窩之間，偶現一座廟宇，一家餐廳，各種樹木，這一切風景都在森林蓊鬱的山腳下；從那些山頭遠眺，首爾一望無際。

公園那一側一片漆黑。現在世珍想起來了。吵醒她的不是什麼雜響，而是那個同樣的夢。在那噩夢的邊境，不歷經焦慮恐慌之煎熬就無法脫身。那個重複的夢出現在她否定北韓的那一天——那是什麼時候？約在她被捕的兩星期之後……她自知會遭到公開駁斥，沒想到會是但這種堪比奇幻寓言的場景。北韓官方召開了一場電視記者會，提出「有力證據」，全面推卸破壞客機的責任。而可以戳破南韓大謊言的證據已進入攝影機的鏡頭……世珍，人明明被拘禁在南韓，竟看見自己出現在北韓的螢幕上，並走向麥克風，聲稱她才是世珍本尊，而在柏林被捕的女人是冒牌貨。螢光幕上的顯像在記者們面前提出身份證件，並說自己是公務員。不，世珍並沒有眼花，她看見的確實是她本人：那個虛擬投影昂首挺胸，用北韓人貶低外國人的那種戲劇化腔調，信誓旦旦地自稱是真正的蔡世珍，說首爾方面策劃了一則邪惡的陰謀詭計，找了個替身來詆衊北邊的名聲！虛擬投影人高度配合兩名記者的提問。她講話的聲音跟我不一樣，世珍放心了一點，仍不由自主地顫抖。「他們真厲害，」坐在她身邊的情報局官員不得不承認。「您別氣惱。這不是第一次了，他們是箇中老手。他們只是不想丟臉。現在我終於知道他們為什麼等了兩個星期才公開駁斥。他們翻遍了全國上下才找出一個幾乎像是您的孿生姐妹的女孩，用您的方式化妝穿衣，教她把那篇講詞背起來。這是那套把戲的一部分。我們這邊，我們很清楚您是什麼人，打從哪裡來……」

她的爸媽看到這齣鬧劇時，能怎麼想？對於她變成了什麼模樣，他們知道多少？

他們會遭到什麼樣的命運？

走向麥克風，誇張宣讀其身份，那個女人的影像重複出現在她的每一場噩夢中。最後世珍從這個分身中看出了這樣的訊息：北韓政權似乎有意留下她這條命。不過這個想法宛如流星，一閃即逝。又有其他時候，她相信已有殺手上路，準備來做掉她；然後世界上只會剩下她的複製人。既然衍生出了一個一模一樣的人，北邊應該會消滅原版。有時候，世珍希望事情就這麼發生，因為她深信那是唯一能消除她痛苦的辦法。她應該挨那一槍。她未能徹底完成任務，因為她本來應該被劇毒藥丸打倒才對。毒藥沒能在她器官中適當擴散，那也是她的錯：她的身體不該產生這麼強烈的抗藥性。再說，把槍口對準她的若不是北韓情報員，也可能是極右組織的幫派份子。整體來說，不想再看到她活著的人可不少。

她的睡眠很短。再張開眼睛時，室內已透進些許微曦。所以今晚不會來了，她心想。可惜。睡著的時候，應該什麼都不知道吧！可以溫和平靜地跨過交界，過渡到另一界，遠離肉體和苦痛。

世珍回想起審訊偵查的狀況，那些針對英夏和她本人的問題。她憶起她的審判法庭，當她聽見死刑宣讀時的冷淡反應。反正，她已經把大韓航空上一百一十二名乘客都拖下水了。她有什麼地方比被她害死的那些人們強？沒有。這麼一想，她不再覺得有什麼大不了。在北邊，他們一天到晚對她說，假如她在進行任務時被捕，他們就會殺了她……在這一點上，他們倒是沒說謊。

判決之後，他們便丟下她一個人過了好幾天。她並未被關在隨隨便便的牢房裡：她的牢房可眺望城市與城裡的燈火。在這裡，甚至捕捉得到流言風聲。當他們又回來找她，審訊得更深入，讓人意會到，如果她肯稍微合作，或許一切還有轉圜的餘地，她感到一陣尖銳的刺痛——那本來應該是聽取判決時會跳出來的痛。而，當希望的機制重新開始運轉，她感到了痛苦的生存欲望。她同意了合作之事。要不是當初關於南邊的事他們說了那麼多謊，想必她一定會拒絕。

過了一段時間後，總統特赦令宣佈，給了她一記重大打擊。她很快就領悟到那是所有刑罰中最沉重的一項。重達一百二十二條人命。一百二十二個被害者無時無刻不盯著她。當上面派兩名貼身保鑣與她一起住進這幢周遭環境綠意盎然，富裕奢華的國家賓客別莊時，他們也跟著她。一百二十二隻幽魂，不求她的淚水，什麼也不求。他們嘲諷她，嘴角掛著一絲微笑，彷彿在說：最後一個笑的才能開懷大笑，現在，我們要盯著妳上工，看妳過妳可憐的人生。

世珍很早就起床泡茶，依照平常這個時間的習慣，放一張唱片。蕭士塔高維奇的第二號鋼琴協奏曲的第二樂章讓她平靜下來。這段樂曲帶她進入一個後世（après-monde）之境，在那裡，罪惡感，歉疚，希望，都不再有意義。於是她願意繼續活下去。她接受，在她人生中某個時期，可以有人把她訓練成一個完美的殺人機器。她幾乎敢打賭，蕭士塔高維奇，在譜寫這篇樂章以前，良心上一定也壓著一場民航班機的爆炸失事。

一個星期三即將展開。每週的這一天是她去參加宗教聚會的日子，由一名貼身護衛陪同前往。上帝之所以被發明，就是來撫慰所有命運如她之人。司機在接近中午時來接她，駛入庭園通道，響了兩聲喇叭。貼身護衛先出去，替她拉開車門。她鑽進後座。深色車窗的車子出發，每次都走一條不一樣的路線。

*

潛伏不動的情報員睡得都很淺，好比夜間值班藥師的瞌睡，隨時可能被打斷。白正秀——這個名字的發音可以表示「優秀」或「長壽」——很快就陷入失眠。他告訴自己：照這種節奏繼續下去，他很快就要撐不住了。起初，他默默期待接到任務命令。像一隻病毒似地被植入首爾這副巨大的身軀，他覺得自己好比特洛伊木馬，多虧了他，八座城門有一天終將對北邊開啟。然後，好幾年就這麼過去了。你已經變成特洛伊木馬的殘骸了，他自嘲。以前他曾經非常認真敬業地執行上面下達的命令：融入，生活，工作，靜候假設中的那一天。

難道他們就此遺忘了他？他最初擔心的是這個狀況。後來，漸漸地，他反而但願就變成這樣。他是辦公職員，也娶了老婆。在南邊，他過得很好；一想到可能得跟以前的人生牽上關係，他只感到焦慮緊張。

那天，情報員接到了信號，猛然驚醒。他擔心出現最糟的狀況：為了某項行動，必須放棄一切，而順利事成之後，最好的結果是，暗中回到北邊。但他的妻子對這一切一無所知。她以為他出身最南方的濟州島，跟他那一代不少人一樣，是個孤兒。但白正秀的雙親始終健在，或者他認為他們還在——如何得知？他們在北邊，與他的聯繫已經斷絕十二年。他常想，就算他們的時候到了，他也收不到任何通知。

現在，人在金浦國際機場的航廈等候一位從北京飛來的王先生，白正秀稍微比較能呼吸了。如果一切順利，他們最近會要他重新進入蟄伏狀態，跟兩個月前一樣。他的角色功用只不過是為另外一個人佈局。是的，他依照上面的要求，替那人用假名租了一間套房。是的，他已經備齊所需「材料」，就是為了這個，他必須犧牲假期空檔，對老闆隻字不提。對妻子也隻字不提。不過，這正是為了繼續跟她一起生活所要付出的代價。其實，不久後，這一切都將只是他潛伏生涯中的一段暫時性失眠。快，快回去睡，回去像個南邊的人那樣生活……他真希望能抹除自己的痕跡，徵調被遺忘的權力。永遠不再於驚嚇中醒來。在那之前，現在他正揮舞著一塊紙板，上面寫著一個漢字姓氏：王。

王先生剛領到行李，在航廈中豎起的一大群紙板中，用目光搜尋他的姓氏。而那不是他的姓。王先生不是一名中國商人，也不是中國人，但他說得一口流利的中文，說得跟他的母語韓文一樣好。內行人的耳朵大概能聽得出北方某個地區的口音，因為其實他的家鄉是清津，離俄羅斯不遠。他經驗老道，見多識廣。然而，這天晚上，雖然他早已不是初次來南邊的菜鳥，王先生卻覺得不太對勁。並非因為他感到被人暗中監視，也不是因為在他看來，這項任務，就技術而言，比其他的都要艱難得多。完全是另一種層次。

本姓不姓王的男人是一名頂尖殺手，面對工作從不退縮，此外，無論上司交代什麼他都會達成。一直以來他都放心信任無懈可擊的輔助部門，就像現在那名情報員，來到入境大廳接他，然後開車送他到一間套房。房內的百葉窗都已拉下，但透過細縫仍可瞥見城市景觀：四層樓下方，首爾市中心一條寧靜的小街，然後是茂盛花園環繞的幾棟宅院，從廚房或客廳透出（當時是晚上）些許亮光。

「我等下會告訴您之後從哪裡溜走。您會找到一扇側門，可以通往另外一條街。」

不過，那一位——為了方便起見，我們還是繼續叫他王先生吧！他提出異議。首先是那座莊園。他要這一位指出目標；接著，得知是哪一棟後，他從口袋掏出一付東德製望遠鏡，往這人所指的方向瞄準。黑夜中，那一側全面昏暗。必須耐心等候。可以了，告訴我後門出口在哪裡。

然後，只見王先生獨自留在那棟樓房裡。這裡的位置其實並不好，距離莊園太遠。「但不可能租到更近的房子了，」白正秀離開前歎了一口氣。「不租這間就沒了。」而若是沒有租所，那就會變成光天化日下的行動，大街上，曝露身份行蹤。無所謂，對王先生而言：從紙本文件上來看，這檔事並未顯現重大困難。純就技術而言，他曾經碰過其他更複雜的情況。問題不在這裡。

他看過很多其他的，但從來還沒有遭遇過他們強制命令他接下的這類挑戰。他們知道，有些時候他得出這樣的領悟。他們知道，而且想測試我的忠誠度；或者，他們想引誘我犯錯：這是一個圈套。他們不知道，某些時候他又這麼相信。這一切說穿了是一場苦澀的偶然。無論如何，兩敗俱傷的困境在他眼前，而他沒有解答。

輾轉一夜之後，採光極佳的晨曦中，王先生再次用蔡司望遠鏡瞄準莊園的方向。在放大鏡的作用下，他彷彿只在十五、二十公尺之外。正常時候，獵捕者並不會害怕被等待消磨意志。但是在他現在這種不自在的狀況下等待，他沒辦法。

要是他有自信就好了。

到了九點左右，她出現在窗邊。王先生好整以暇，仔細打量她的長相表情。從僵硬的照片中解放出來的那張臉。他們只給了他這張照片；而光憑這項依據，他心中的懷疑已愈滾愈大。這樣持續了多久？十秒？十二秒？她俯身探看花園，抬頭站直，深深吸進一大口冰冷的空氣，重新把窗關上。

稍後，她下樓到庭園車道上，跟在一名護衛身後，鑽進一輛車裡。王先生不急著出手。他希望再觀察得更清楚些。他在這個女人身上看到的並未讓天平槓桿的任何一邊沉下或翹起。

隔天，蔡世珍幾乎在前天的同一時間開窗，稍微呼吸了一下冷冽的空氣。王先生已靜候一陣。現在她在特寫鏡頭中，而他再次被同樣那個問題糾纏：是她嗎？假如是的話，怎麼辦？他察看得再怎麼仔細也沒有用，始終猶疑不定；而她，彷彿想讓他歸納出一個堅決明確的想法似地，儘管天冷，卻一動也不動，遲遲不走。王先生失去了平時讓他百發百中的信心與穩定。扎斯塔瓦M76狙擊槍的瞄準鏡微微顫抖，垂直交叉的兩條黑線動個不停。效忠本黨。現在這個德行如果被他的同胞看見……瞄準鏡中的畫面依然晃動，儘管已經精準調校，他依然難以讓它穩定。如果開槍，恐怕會失手，而他從來不曾錯過目標。如果沒有失手，王先生將從容地把武器收進槍匣，然後迅速沿著樓梯下樓，從側門溜走，一面想像回到北邊後會得到怎樣的嘉獎慶賀。

回去？他真的想走上回去的路嗎？這件事，他也一點都不確定。猶豫不定的不只他的手。因為，自從上面派他到國外執行任務以來，第一次，回國恐怕成了問題。

他給自己一夜的時間做出決斷。

晚上，他再次發現女人出現在一個開著燈的房間。她來回踱步。透過瞄準鏡，他仔細研究她，像觀察顯微鏡下的變形蟲一般。突然間，他明確無誤地認出她來了：因為她剛做了一個頭部的動作，把頭髮往後甩，而這個動作，跟她以前曾經做過的那次一模一樣。遙遠的很久以前，這是不會騙人的。他一直期望的證明，就是這個。

他徹夜未闔眼。

*

早上，蔡世珍約在同一時間推開窗。她不慌不忙，讓自己曝露在瞄準鏡的交叉垂直線中央。開槍，快開槍啊！掌管規範的神明在他耳邊鼓吹。不。猶豫終於結束。他放下武器。

沒過多久，他沿著樓梯下樓，不疾不徐地走上街，按響莊園的門鈴，靜候。不出幾秒，他猜想，鐵欄門後就會出現一名貼身護衛，而且，他心想，會露出一臉非常不信任的表情。我得用能夠壓制他疑慮的語氣宣稱：

「我必須見蔡世珍，事關重大。」

貼身護衛應該會回絕，說她不隨便見客。他必須證明清白，提出有力信物。約個時間。到那時候，偽裝身份的王先生心想，我就得拿出唯一那張王牌。

「請告訴她我是浩南的朋友。」

這粒芝麻不會立刻替我開門，他持平衡量；但反正這又不多花什麼力氣，而且那名護衛會想盡量服侍受他保護的人，會轉身回去，消失在住宅裡。又得再多等一段時間，要等很久，因為我下的賭注很大。萬一沒再現身呢？他問自己。萬一，我沒再看見護衛，反而被多輛警車包圍，無法與我的「目標」見上一面呢？或者萬一，沒有那麼戲劇化，但我的來訪最後只落得堅持不見客的下場呢？我仍然可以快速寫張紙條說明來意，他安慰自己。總會有辦法的。到最後，她終究會接見我。

前晚整個夜裡，他重溫久遠之前某個春天裡的一幕，試圖追憶其中細節。浩南是他唯一一個真正的朋友，自從兩人失去聯繫之後，他就不曾再有。對，這個夜裡，他的思緒回到了那個春天的晚上：他陪浩南越過整座城，送好友到他與一名外文系女學生約會的地點。儘管他倆交情深厚，浩南始終不願多談這段感情。說到那個女孩，總是語焉不詳，含糊帶過，絕口不提他們是怎麼認識的。而「王先生」也從來不敢問。浩南甚至連女孩的名字都沒告訴他。

女學生提早到達約會地點，地鐵戰勝站的出口。浩南指了女孩給他看。王先生在那裡丟下朋友離開，避免雙方引介。他知道這類難題對浩南來說十分尷尬，而且，有什麼可說的呢？他寧願讓兩人好好去談情說愛。走遠後，他用欽羨的目光望了等待中的女子一眼：迷人，不在話下。就在那時，「王先生」看見她把頭髮往後甩，頭部微微一振，與瞄準鏡中的女人一模一樣。

現在，如果他們讓他進去，他該怎麼跟那個女人應對？

那次約會過了不久之後，浩南陷入深深地憂傷，幾乎得了憂鬱症。直到幾個星期後，他才向王先生說出這個秘密。儘管他寫了好幾封信約她出來，儘管打了多次電話去她家，就是見不到女友。她突然斬斷了關係，沒有半句解釋，這一點也不像她的作風。電話線另一頭，她的父母親總是明白表示她目前不在家。

幾個月過去。幾乎一年半。在父母施壓下，浩南娶了另一個與他家出身成分*相當的女孩。後來，大學畢業後，他被派到國外三年，在捷克大使館工作。王先生就再也沒見過他了。

因為，王先生，自以為也會全心投入外交職涯的他，迫於形勢比人強，變成了所謂的情報員；然後，身為情報員，被訓練成了頂尖殺手。現在，真相大

結局已近在眼前。如果，因為他說出是浩南的朋友，貼身護衛回來宣佈對方願意接見，便能證實蔡世珍即是地鐵戰勝站那名女大生。護衛會對他進行搜身，眼睛全程緊盯，視線一秒不離。然後他會被帶到一個等候室，她會來到這裡現身：必然抱持極大的懷疑，同時也十分好奇，心中認為這位訪客，大概是一名脫北者，或許替浩南帶來什麼訊息。浩南！她會請他坐下，問他是她前男友的什麼人。他是否應該開門見山地告訴她自己為什麼會來到這裡，出現在首爾這個區域？指出那扇窗，告訴她死神曾在那裡窺伺她？他決定就這麼做。上面派我來殺您，而我剛放棄了這項任務。您本不該還能在這裡聽我說話，而我本來應該已經在前往機場的路上，帶著中國假護照，抱著授勳嘉獎的期望。這是一間套房的鑰匙。那個房間的窗戶正對您這條街，可以瞄準您的花園。套房裡有

＊ 原註：「成分」（성분）：正式名稱是「出身成分」（출신성분），指北韓建國以來的社會種姓階級制度。

一把武器，可以證明我並沒有胡說八道。

對，為什麼不立刻攤出王牌呢？再說，假如仍有一絲猶豫，他王先生也不會來按她家的門鈴。對，他會用同樣的語氣繼續說明，打動蔡世珍，逐漸引起她對整件事感興趣。

「您隸屬的情報單位跟我在上一段人生所服務的是同一個……我以前的長官們派您來消滅我，但有一個原因阻止了您。」

「一個原因？是好幾個。」他會用稍微鄭重的神色回答。這個回答，他斟酌了一整夜，現在隨時能一字不漏地說出口。「原因有好幾個，但我不想牽扯那麼多。這麼說吧！若不是因為我的母親最近逝世，昨天，在您開窗的時候，我應該會把您殺掉。」

「您的母親？」

「她是我在北邊唯一還牽掛著的人。以前，我完成任務後必定回去，因為她和父親都還健在。如果我叛國，他們會被下放到集中營。我的父親在四年前去世了，我的母親剛走幾個月。說實話，我老早就想脫逃。我從來不想當殺手。當保衛國家的探員，可以。但不當殺手。『你也一樣，必須稍微弄髒你的手，』一開始，他們這樣告訴我。然後，就一直持續到現在。我充滿效忠熱誠地完成所有任務，每次都想這是最後一次。事實卻完全相反。他們以為我還要更多。他們把您的照片給我看的那一天，我心裡懷疑他們是不是想弄垮我。」

「弄垮您？」

「對。」他會很高興她提出反問，繼續說明：「當時我猜想這是陷阱，因為我想我認出照片上的您了。我曾從遠處看過您一次。那天，我陪浩南去赴一場約會。浩南是我最好的朋友。事實上，我真正的朋友只有他。您知道，在我們的國家，友誼是一項珍貴稀有的資產。我能跟他講心裡的事，反過來他對我也一樣。您『人間蒸發』之後，他崩潰了。當然，他沒辦法知道實情。您周遭的親友什麼也不說，只推託說您『回來』後會再打給他；而他的電話卻從來沒有響過。當他們把您的照片拿給我看，並解釋為何您會是需要做掉的目標時，我才開始明白……真的是您嗎？相像的程度令我不安。我已經跟浩南斷了聯繫，而且，總而言之，把您的照片給任何人看，恐怕都會構成我叛國罪名。那等於洩露我下一次的任務目標。我為自己擔憂起來。他們把消滅您這項工作交給我來執行，這究竟是巧合還是他們的算計？國外的生活經驗讓我無法冷漠坐視。我們的韓國愈來愈陷入物資匱乏和饑荒的困境，與世界現實愈來愈脫節；我卻看到一個活力蓬勃的亞洲，走出悲慘世界，拆穿我們政治宣傳的謊言。我感到迷茫。他們告訴我的是一個在萬丈深淵邊緣搖搖欲墜的世界，而我們的韓國是寧靜的避風港；然而事實完全相反。我多麼希望能改變人生。而我相信他們猜到了我的想法。今天，我來拜託您給我支援。您摧毀了一架航行中的班機，然而南邊仍願意給予特赦。看在浩南的份上，我剛留下了您的性命，所以，請容我提出一項請求。輪到您來幫我，救我一條命，讓我留在這裡。」

王先生幻想，這時，蔡世珍會微微一笑，示意他坐下。她會去泡一壺茶，問他的真名叫什麼，但絲毫沒有印象。或許他們會聊到，在政治軍事大學經過了層層艱苦考驗，竟走至此，變成了路邊的流浪間諜，被自己的信念拋棄，背離欺騙了他們的祖國。他們還會聊到往日歲月，那時的他們不會自己問自己種種問題；課程，訓練，那整段欺凌為主要教導手段的戰鬥養成，那種激勵他們某天能夠被賦予棘手任務的榮譽感。他們會談到他們的老師們和教官們，而或許，在他們的談話中，會插入那位個性害羞，長相十分漂亮的日本女老師。她讓好幾屆的間諜學員印象深刻。世珍會想起她。一為年輕女性，韓語程度好得驚人，甚至還有一點平壤口音。她是那麼溫柔。關於她，後來還傳出了一些流言。他會敘述內容，同時發現世珍毫不知情。「他們對外宣稱她已經死了，但據說她成了某位領導的情婦。為了達到這個目的，還必須綁架她第二次。」他會這麼說，「斬斷她的婚姻生活，丈夫是一名十五年前被綁架來的南韓人。自殺算是完美的藉口，但沒有任何說法得以證實。」他不會把話說死：「一切都是謠言。」

因為他會在對話中處處灑下這類訊息，蔡世珍會明白，他面前這個男人深知許多事情的祕辛，對南邊的情報單位來說，這頭獵物可謂一時之選。

王先生沒有眼花：窗簾剛才動了一下。面對花園和街道的主客廳。有人從裡面觀察他。大門即將真的開啟，一名貼身護衛將從門裡走出來……

他整副心思被豪宅的窗戶擄走，沒注意到街旁稍遠的停車格內有一輛白色汽車。窗簾還在晃動，這輛車剛剛發動。而他又怎麼能注意到，從那時起，一面車窗已經搖了下來？他的頸子將遭受神經性痙攣襲擊，來自一顆瞬間從那輛車中射出的子彈。那顆子彈，幾個月前從咸興附近的兵工廠出產。那一天，在生產線上監控傳輸帶的女工，曾看著它跟另外幾十顆子彈滾過，其他沒有一顆能有它那樣英雄般的命運：好心切穿一名情報員的頸動脈，及時阻止他鑄下專業上的大錯。

*

尾聲一：二〇〇四年

「就是這裡。」節子說。

然而幾秒鐘後，她又改口：

「不，應該是那裡才對。」

他們順著腳步來到那座魂牽夢縈的橋。她指出荊棘叢和通往河堤的狹窄小徑。這一段，她跟他講過那麼多次，他毫無困難地把這條下坡路放進故事背景中。從背後突然冒出來的那些傢伙，用布條捂住母女兩人的嘴，把她們扔進痲袋裡，然後載到一艘馬達小船上。來到下坡路盡頭，吉姆·賽科克想像那艘在岸邊等候的船。二十六年前，那個宿命的八月天，蟬鳴應該也一樣嘈雜；然而，今天引吭高歌的不是牠們，而是牠們的後代——牠們的高曾祖父母，鳴唱聲那麼喧鬧嘈雜，遮蔽了呻吟哀嚎和拳打腳踢。所以就只是因為這樣，賽科克出神地想。他捻熄手裡的香菸，任菸頭隨著河水緩緩流向出海口。一艘藏在蘆葦叢中的小船，兩個無賴，詭計得逞，你從此走入歷史。想到這裡，他突然很想放聲大笑。如果現在只有他獨自一人，他一定會大笑出來；但他的妻子也在場，回到一個遙遠的夏天，她的歲月列車出軌之處。而也許因為他感到她眼中的淚水即將潰堤，想給她再次微笑的機會，所以選擇了這個時機，把重逢三個星期以來一直沒說的事情告訴她。

「我還沒告訴妳，他們把我拘留在東京附近的美軍基地時，我聽到了什麼消息……真是讓我丟臉得要命，但同時那件事卻又那麼荒謬，不由得讓我覺得好笑：在停戰線服役期間，我的那個單位，那時單位裡人員本來即將被送往越南前線，結果呢，根本沒有出發。原地未動……我白白擔了個不得了的大心……就因為一點風聲，我收拾包袱離開，在赤共的地盤待了三十八年……妳呢，至少，妳還可以告訴自己，妳會到那個地方，完全是非自願的結果；但是我呢……我苦苦熬過被卡多納那個混蛋霸凌，花了好幾年的時間背誦整頁整頁的口號標語，被嚴厲糾正了又糾正，不知有多少次想開槍轟掉自己的腦袋……如果諾貝爾獎頒發最精彩蠢事這個獎項，我一定很有機會得到，對吧？不過，無論如何，要是那些傢伙沒有在這裡把妳綁走，我也不會遇見妳，所以，結局總算圓滿。」

「假如我沒被綁架，你在那裡會遇見另一個人。不管怎麼樣，你都會結婚，就像他們幫理察所安排的那樣……我也是啊，我其實也做了代價昂貴的蠢事。我選錯了路線。如果那天我們沒走這條路，只為了給自己買一份冰淇淋，我就不會認識你。如果媽媽沒有失蹤，我會告訴自己，我欠她一份大恩，也欠這支冰淇淋……你以為，地球上存在很多重要人物，但你永遠不會認識，只因為，在某個關鍵時刻，你並沒有吃冰淇淋的欲望？」

她笑了起來，繼續說：「我很高興能回到這裡。很高興你終於跟我團聚了。

其實，如果不是因為母親，我是可以感謝綁架我的那幾個人，這個地方也可能標上值得紀念的記號。你看：我們當時走在這邊。天氣很熱。我們討論著晚餐要吃什麼。今天晚上，妳老爸會比較喜歡吃什麼呢？她問我。然後就什麼也沒有了。那是她最後的幾句話。」

「妳的父親，他運氣很好，能在去世之前再見到妳。妳總算能參與他人生中最後六個月的日子。」

「我第一次回到這裡的時候，也許有點傻，但我默默地向我的母親祈求原諒。最糟的莫過於我平安無事地回來了，還帶著孩子們，卻完全不知道她遭受了什麼樣的命運。那些頑固的北韓人一直辯解說他們沒有綁架她……其實，這整件事中，吃虧的只有她。她被『抹除』了。在哪裡？怎麼回事？令人最難以忍受的，就是不知道。大海裡，汪洋中，想必如此。我再也沒辦法凝望大海。我這輩子恐怕不會再感到真正的快樂了，吉姆，以後你必須這麼想。在那裡的時候，日本很遠，還能過得去。我還抱持著一絲絲希望。但是回來幾天之後，苟活倖存之沉重突然全部壓在我身上。我自由了，我回到日本了，但是，難過憂傷，如同當初抵達北韓的狀況。在平壤，至少，一開始的時候，我還有直子，那不知道有多麼珍貴……你看到了嗎？她的女兒長得跟她多像啊！我不知道他們為什麼把她帶到機場來，就在我們要出發的時候……那天，我心裡一直七上八下；我惦記著你，不知道要等多久你才能來跟我們團聚。」

「兩年……再多等幾個月的話，我恐怕會變成酒鬼。我的意志力差一點被他們消磨殆盡。現在，我必須決心戒酒了。妳得監督我。某些時間一到，為了喝上一杯，我什麼事都做得出來。我想，他們之所以願意放我走，是因為，對他們來說，我一點用也沒有了。他們只想找一個藉口，不要弄得太丟臉。去中國做髖關節置換手術，這真是天上掉下來的禮物。當時我最害怕的是美國人。我知道他們不會給逃兵什麼好處的。因為今天他們還有伊拉克和阿富汗的戰場。日本政府為我盡了最大的努力：軍事法庭只是走個形式，就像先前他們承諾妳的那樣。不過，這整段期間，我怕得要命，完全不知道兩方交易的狀況……

然後，被拘留的那幾天，我滴酒未沾，腦袋便清楚了。我想自由地為你們活下去，只要這樣，我告訴自己。我要撐過這一切活下去，一定會辦到的。我要盡可能地活得愈久愈好。」

「這簡直一字不差，就是我回來之後，我的父親見到孩子們之後，對我所說的話……我找回來的並不真的是他，而是一個在很久很久以前曾經是我父親的男人……」

「妳的意思是，經過兩年的等待之後，我也不再真的是原來的那個我了？」

「當然不是，我並不是這個意思，你明明知道……」

*

我們完全不知道，回到綺色佳之後的歲月裡，尤里西斯有著什麼樣的命運；荷馬想必不曉得該如何敘述國王在宮殿裡的日常生活。這正是吉姆．賽科克即將遭受的事：接續《奧狄賽》的故事。尤里西斯又變成了路人甲乙丙丁。他終於成了自己告訴獨眼巨人的那個「誰也不是」。

蟬鳴唧唧蓋過了夫婦的沉默，一如稍早蓋過兩人的談話。一男一女沿路走向他們的榻榻米和日式拉門宮殿。蟬隻繼續高唱。唱吧！你們這些鳥身女妖！來自地獄的合唱，昔日遮蓋了岡田節子與她母親的綁架案！在綺色佳這個炙熱的午後高唱吧！就像人類滅亡之後還要高唱許久地那樣唱下去吧！

*

尾聲二：二〇一二年

下方，淺闊的鴨川潺潺而流，如同平原上的瀑布。這個九月傍晚，暴風雨欲來。東華菜館是一家一點也不拘謹的中國餐廳，坐落於一棟西班牙殖民風格外加一點歌德式建築的大樓樓頂。沒下雨的日子裡，有些人會選則坐在納涼床的位置，那座臨水的露台上也擺了幾張桌子。雨雲滯留在東山區上方，陰暗的小山丘宛如一群鯨魚。斷斷續續的轟隆聲震得六樓玻璃窗微微顫動。池田登邀來共進晚餐的年輕女子，根據他的估測，應該比他小三或四歲。年約二十五、二十六。

當一名醫生和一名護士第一次共進晚餐，他們不會談工作，會把醫院和同事都拋在腦後。京都，在這間氣氛柔和的餐廳裡，彷彿不復存在。被大雨洗淨後，車燈徹亮，往來熙攘的四条通，彷彿只是一段回憶。池田登向與他同桌的美麗女神問了一些他從來沒問過的問題，女孩微笑閃避，或者欲言又止。假如您的母親是日本人，父親是美國人，為什麼您卻會有個韓國名字？他的把戲有趣，恩玉有時被逗得噗嗤一笑，把正在發呆的服務生們給嚇醒。

「我不是真正的日本人，也不是真正的美國人。這不是您的問題。而我也不是被領養的孩子。我來到日本，我母親的故鄉，是十年前的事。當時我十五歲。那時候，我一個日文字也看不懂，我的父母彼此用韓文交談。我們在家裡仍持續這麼用，儘管跟母親說話時，我已養成了說日語的習慣。在青少年時期，突然得知母親不是韓國人，而且她一直隱瞞她的母語，感覺實在非常奇怪。我初來這裡的時候，完全聽不懂她在跟別人說什麼。完全聽不懂自己『母親的語言』，感覺真的非常奇怪。」

「在那一大段時光中，她一直對您隱瞞這件事？」

恩玉從皮夾中掏出一張黑白但已發黃的相片，遞給他看：兩個穿著泳裝的大人，還有一個嬰孩，位於一片沙灘上。

「這是哪裡？海邊？」

「不。明文禁止我們前往海邊。那是一片只有外國人能去的小沙灘，位在一座湖畔……事實上，登君，我前十五年的歲月是在北韓度過的……好了，現在您知道我的秘密了。我一點也不覺得這其中有什麼光彩的，正好相反。我寧願隱瞞。這件事要花那麼多力氣去解釋……照片上的嬰孩就是我；俯身注視著她的，是我的母親；而抽煙的那個男人，是我的美國父親。所有人看起來都很幸福，不是嗎？很放鬆。後面那個女人，她是菲律賓人，當初被綁架並在脅迫下被送到北韓……跟我的母親一樣。我的母親出生在佐渡島，一九七八年的時候，被隨機綁架。至於我的父親，那又是另一個故事了……剛抵達日本的時候，我覺得一切都困難得要命。就好像有一個電腦工程師消除了從製造我以來就儲存在我腦中的資料，或者改寫成沒有用的訊息。我曾經活過的那些年都過時失效了。我跟您發誓，絕對不誇張。」

她微微一笑，評估這番話的一點效果。

雨點滴滴答答地落在露台上，敲打祇園各戶房舍的屋頂，而雷雨電光則閃在較遠的東邊和北邊，出町和嵐山附近。

「在那裡，我們幾乎什麼都缺，然而，在那裡，人們講的是我的語言。在那裡，我度過了我的童年。那時我並不悲慘，因為我根本沒有東西可以比較。這麼說吧，對我們來說，外面的世界並不存在。此外，廣播和電視反覆告訴我們，一切都辛苦，不講人道，所以我也這麼相信，跟所有人一樣。他們告訴我們，我們安全有保障。我的童年建立在這些謊言上，但我並沒有怨言。我有一對慈愛的父母，生活條件過得去。我的父親有工作……他們交付他好幾樣事情……他當過演員。當我們一起出門去散步，去河邊，人們常認出他來。身為他的孩子，我們總以為他變成了一個重要人物……我的玩具跟同學們的都不一樣。我的通常比較堅固，也比較好看。有一次生日的時候，我甚至得到一個日本娃娃當禮物……那是我與母親故鄉的初次相遇……那個娃娃看起來好有異國風情，看那一身花朵圖案的浴衣……十年前，初次抵達這裡的時候，我覺得彷彿被一場雪崩猛然淹沒。我發現自己竟有一個日本家族，還有我連想都沒想過的那一整個世界……起初，我很恨我的父母。我以為自己一定做不到。我不了解造成我們突然遠走他鄉的真正原因……我甚至考慮過回去那邊生活。但是沒有母親，沒有弟弟？這算什麼？媽媽盡可能跟我說日語。她每天晚上都幫我學習寫字，好讓我盡快融入……鎮長給她找了份抄寫的工作。島上，尤其在她從小長大的小城裡，可不是日本最繁華的心臟地區……東京已跑在光年之外那麼遠……然而，沒有一件事情是容易的。這二十五年間，整個國家演變得可真多，她說。表面上看起來一切都跟原來差不多，但一切都不同了。有很長一段時間，她覺得自己也一樣，是個外國人。她習慣的品牌，產品，包裝，幾乎全部都變了。包括所使用的語言，各種表達說法。她的日語，因為太久太久沒有使用，現在在她聽來總覺得很過時。老派。像在療養院聽到的那種，她經常開玩笑地說。更別說那些她不認識的縮寫、法律和規定。她從來沒有直接跟我們說，但我相信，剛開始的時候，她曾經後悔離開韓國。不過，無論動用什麼理由，她都不會再回去的。只要收音機或電視播到跟北韓有關的事，她就關掉或轉台。至於我的父親，他呢，並不是讀書人，不過他非常實際。他適應力很強，令人驚訝。北韓三十八年把他磨練出一身硬皮。我相信，說來弔詭，在展開日本新生活這件事上，他遭遇的困難反而比我的母親少。他當初已經學會韓語；而都過了五十五歲，他又開始學日文。他們替他在一家博物館找到工作，負責管看紀念品販賣部。他很快就融入新生活之中。」

這時，雷雨已停。池田登提議去河邊走走，還是要去先斗町？他們往櫃檯移動，他結了賬；然後兩人一起等奧提斯公司製造的老電梯。大樓外，空氣呼吸起來煥然一新，或者是剛才對話後的效應？掏空她那只格格不入的包袱後，恩玉覺得輕鬆多了……醫生和護士兩人一起走向河堤，一隻鷺鷥有一搭沒一搭地走著，東張西望。

「我父親唯一的問題，就是大家都嫌他太容易焦慮。跟我母親一樣，隨便一艘船都讓他害怕。父親總是避開岸邊。我的父母應該別再住在那座島上比較好，應該搬往內地一點的地方，就像這裡。我不斷跟他們說了又說。無論如何，父親的恐懼不會就這麼解決。比方說，他尤其不肯擁有電子信箱，就怕收到他們的消息。」

「上面那家咖啡店，我去過。您還有一點時間嗎？」

她看看手腕戴著的北韓手錶，以免一下子太快答應。二十一點四十分。

「有。」

*

同一時刻，烏蘭巴托的華美達酒店，接待櫃檯後方的掛鐘指著十九點四十分。

在機場受到大使秘書的歡迎之後，現在他們抵達了酒店大廳。會面預定在一小時後開始。在酒店跟她私下共進一頓晚餐。雖說是私下面對面，但因為他們的外孫女一句日語也不會說，會有一名口譯隨行。日本領事直到最後都堅持不要北韓的翻譯，根本沒用。然後，他們又被告知，另外還有陪孩子來的三名北韓人也會在。

丈夫因飛行勞頓想休息一下，田邊太太趁這段時間出去，在夜色逐漸降臨的酒店周圍走走。泥土小徑，再過去不遠處，柵欄圍籬，然後是冒著煙的蒙古包，宛如一個個盤腿而坐的老太太。一條條大街像用線畫的那樣筆直。這座城真奇怪，她心想；而這個想法衍生出一道陰影：我的人生多麼奇怪！她凝望這個國家的燈火，本來絕不可能相信有一天竟會踏上這塊地方，並且告訴自己，再過一會兒，就在這裡，在烏蘭巴托，她即將見到直子的女兒。直子的女兒！她已經來了，就在這座城的某個地方……

稍後，酒店房間裡，她的丈夫為了要在外孫女前露面而梳整頭髮；田邊太太則在窗邊觀看街景。所以是這樣的，所謂的「中立城」，她憶起跟韓國人斡旋的那好幾個月。若要見面，就得找到一塊中立的領土。她惶恐地想，再過幾個小時，一切就會結束。人家會把兩人的外孫女介紹給他們。以後想必永遠不能再見她了，畢竟兩人都已這把年紀。韓方永遠不會讓她來日本探望他們。她沒有機會認識她母親的出生地。我的人生可真奇怪！田邊太太又在心裡感歎了一次。我多希望它不是這樣……直子……在這裡跟我們的孫輩匆匆見一面，而關於我們女兒的事卻什麼也打聽不到……

現在，一項突如其來的憂慮猛然湧上，她說給丈夫聽：假如那不是直子的女兒，而是隨便什麼人的呢？說不定是個童星？一個間諜？怎麼知道到底是不是真的？她的丈夫試著安撫她，卻也無法提出有說服力的論點反駁。妳的想像力太豐富了；他嘴裡這麼回應，心裡卻想著：萬一她說的沒錯呢？

十五分鐘過去，靜默無語，然後電話響了。丈夫拿起話筒。是大使秘書，來電通知他們已在樓下。他們全部都在樓下，他又說了一次。那些北韓人，還有順輝（Soon-hwi），直子的孩子。秘書事前已經告知：那些人會監視她。特別注意，別問她任何關於你們女兒的事。這第一次的晤談是否成功，影響到未來是否有第二次之可能。千萬別讓她陷入窘境。別邀請她去日本。別忘了，她並不認識兩位。對她來說，你們是陌生人，何況還是日本人。從小到大，他們一直灌輸她日本人是在朝鮮散播痛苦和悲慘的禍首。而且，關於她的母親，她知道的應該比你們所以為的少得多。

田邊太太止不住顫抖，她原以為自己已『準備好了』。他們走出房間，把電梯叫上來。我們在大廳的一間沙龍等你們，秘書在電話中說了。我在酒店的餐廳訂好了位。萬一她不是我們的外孫女呢？田邊太太又對著老伴說了一次，他揮揮手驅除疑慮，彷彿趕蒼蠅似的，想開點……我們對他們又不構成任何賭注風險。我們是沒有，直子的母親駁斥：但是日本有；還有所有可以運送給他們的金援，所有的米糧，這些你有沒有仔細想過？沒有，他沒想到米糧的部分。想開點，他再次唱反調；彷彿這三個字具有讓妻子恢復理智的機能。

她發現有幾樣禮物沒帶到，於是又轉回房間去拿。她不再急迫匆忙。那些人很有可能給他們隨便介紹個什麼人，就像先前給了那些假文件證明直子已死。真的還需要參加這場假面舞會嗎？她的丈夫喊她。妳在做什麼？到底來不來？他等得不耐煩了。叫電梯，重來一遍。按下「地面層」按鍵。電梯往下降時，做母親的突然有了個想法：勇敢挑戰禁忌，出其不意提問關於直子的事。但她丈夫勸她打消這個念頭。妳太神經兮兮了，妳的問題，她們甚至根本就不會翻譯給她聽，別這麼做。

電梯門開啟，他們只看到一條兩側擺滿綠色植物的通道。大廳空蕩無人。「往前走啊，妳在做什麼？……」右手邊，在一間他們剛才沒有馬上注意到的沙龍裡，一小群人站起身，往他們走來。田邊太太用目光尋找年輕女孩。

看到她了。

跟直子像是同一個模子印出來的。簡直太不可思議了，她緊緊抓住丈夫的胳臂。鼻子，眼睛，怯生生的微笑，那乖巧的表情！她的懷疑瞬間煙消雲散。

他們女兒的女兒就在眼前。這麼年輕，這麼纖細。做母親的覺得時間之軸彷彿倒轉，或者，自從某個遙遠的傍晚以來，就未曾運轉。新潟，暮色降臨，籠罩那座窗玻璃蒸上霧氣的房子。玻璃窗後面，她一面削著一根蘿蔔，準備幾樣晚餐要料理的蔬菜，一面聽著新聞。南非外海兩艘大油輪互撞，以色列首相拜訪美國總統卡特，東北地方暴風雪，火車因風吹雪積成的雪丘受阻。世界可以衝動，可以脫序；對田邊太太來說，她終於回來了。一切彷彿，在這座大廳裡，一陣特殊的嘩啦聲響，入口的大門剛被拉開，讓她進來：田邊直子跟弟弟打聲招呼，直接走進房間。她的母親歎了一口氣，出聲喊她，妥協的語氣：

「羽球課一切都好嗎？來我這裡一下，直子。下樓來吧！來嘛……從妳那個冰天雪地的北邊回來，求求妳。我已經不生氣了。過了三十五年，我的氣都消了，妳知道的。所以，過來，來看看媽媽吧！」

二〇一二年八月二十五日——二〇一五年十二月十九日

跋

有時候，我會凝視那些模糊不清的黑白照片；照片中的人們是這一樁樁綁架案的受害者。朵娜・本貝亞（Doina Bumbea），滿面愁容；孩童時期的曾我瞳與她的母親；查爾斯・羅伯特・詹金斯，在北韓生活了三十八年後抵達日本，拄著拐杖走下飛機，妻子曾我瞳在旁相伴。有本惠子。地村保志，失蹤二十四年後，剛下飛機後與父親重逢。蓮池薰、奧土祐木子、松本京子……還有橫田惠，也是孩提時期的照片，被綁架以前。然後，橫田惠在政治軍事大學校園，她別無選擇，被迫在那裡替未來的間諜授課。還有橫田惠位在一個南韓男子身邊，那是他們給她的配偶。一九八六年八月那一天，她穿著白襯衫和長裙，天氣晴朗，兩人「意氣風發」地站在凱旋廣場的凱旋門前。

還有橫田惠的父母，橫田滋和早紀江；他們別無選擇，只能苦苦等待，抱持希望。

這部小說獻給他們每一位。

我參考了好幾本作品和紀錄片作為某些場景的依據；多虧這些資料，我得以為《日人之蝕》中的人物賦予具體形象。然而他們，無論如何，確確實實，終究是虛構人物。

書籍

——Charles Robert Jenkins, Jim Frederick, *The Reluctant Communist: My Desertion, Court-Martial, and Forty-Year Imprisonment in North Korea*, University of

California Press, 2008.
查爾斯・羅伯特・詹金斯、吉姆・弗烈德里克，《不情願的共產主義者——我的叛逃、軍事審判以及在朝鮮監獄的四十年》，加州大學出版社，二○○八年。

——Kim Hyun Hee, *The Tears of My Soul*, William Morrow & Co, 1993.
金賢姬，《我曾經是恐佈份子：金賢姬懺悔錄》，新自然主義出版社，一九九六年。

——Committee for Human Rights in North Korea, *Taken! North Korea's Criminal Abduction of Citizens of Other Countries – A Special Report*, 2011.
北韓人權狀況調查委員會，《擄走！北韓針對外國人的綁架罪行——特別報告》，二○一一年。

——Blaine Harden, *Rescapé du camp 14. De l'enfer nord-coréen à la liberté*, Belfond, 2012.
布雷恩・哈登，《逃出十四號勞改營：從人間煉獄到自由世界的脫北者傳奇》，智園出版社，二〇一三年。

——Barabara Demick, *Vies ordniaires en Corée du Nord*, Albin Michel, 2010.
芭芭拉・德米克，《我們最幸福：北韓人民的真實生活》，麥田，二〇一五年。

——Arnaud Duval, *Le Dernier Testament de Kim Jong-il*, Michalon éditeur, 2012.
阿諾・杜瓦，《金正日的最後遺囑》，Micalon éditeur，二〇一二年。

——Kang Chol-hwan, Pierre Rigoulot, *Les Aquariums de Pyongyang. Dix ans au goulag nord-coréen*, Robert Laffont, 2000.

姜哲煥、皮耶・李古樂，《平壤水族館：我在北韓古拉格的十年》，衛城出版社，二〇一二年。

——Kim Young-ha, *L'Empire des lumières*, Editions Philippe Picquier, 2009.

金英夏，《光之帝國》，漫遊者文化，二〇一九年。

——Hwang Sok-yong, Princesse Bari, Editions Philippe Picquier, 2013.

黃皙暎，《鉢里公主》，Editions Philippe Picquier，二〇一三年。

——Baek Nam-ryong, *Des amis*, Actes Sud, 2011.

白南延（音譯），《朋友》，Actes Sud，二〇一一年。

——Paul Fischer, *Une superproduction de Kim Jong-il*, Flammarion, 2015.
保羅・費雪，《金正日超級製作》，Flammarion，二〇一五年。

——Gong Ji-young, « Dans les affres de l' écriture », in *Brèves*, no. 105.
孔枝泳，〈極度書寫痛苦中〉（法文直譯），收錄於法國文學短篇季刊《Brève》一〇五期，二〇一四年九月。

紀錄片

——Patty Kim, Chris Sheridan, *Abduction: The Megumi Yokota Story*, 2006.
派蒂・金，克里斯。雪利登，《綁架：橫田惠的故事》，二〇〇六年。

——Daniel Gordon, *Crossing the Line*, 2007.

丹尼爾・戈登，《越過界線》，二〇〇七年。

——Lionel de Coninck, *Sur la piste des Françaises kidnappées par la Corée* du Nord, 2013.

里歐奈・德・柯南克，《沿線追蹤被北韓綁架的法國女性》，二〇一三年。

我要特別感謝查爾斯・羅伯特・詹金斯下士的現身說法：二〇一二年十二月，我去了兩津市與他會面，在他的島上，佐渡島。在那個當下，比對我先前已經閱讀過的資料，我們的談話並未帶給我任何新的訊息；然而，道別之時，我已知道這本書會寫成。查爾斯・詹金斯催生出吉姆・賽科克。

我也要感謝克莉絲汀娜和艾蓮娜給我的意見和指引，她們是我最忠誠的第一手讀者。此外還有關口涼子、肱黑亞由美（Hijikuro Ayumi，音譯）、譯者松田浩則教授、三野博司教授以及白善熙女士（Baek Seonhee，音譯），同時還有九条山藝術村、小寺雅子（Kotera Masako，音譯）和岡野新，謝謝他們的協助與親切的建議。在此一併銘謝法國文化協會，讓我於二〇一二年進駐京都的九条山藝術村。有了這個機會，我才能著手進行研究，前往日本沿岸，還有佐渡島：小說中，在那裡被綁架的，是節子。

艾力克・菲耶

導讀

失蹤者的心靈圖像：菲耶《日人之蝕》

朱嘉漢

艾力克．菲耶的目光猶如人造衛星，或是擁有一雙能看見空氣中各種錯綜的、波長各異的、訊息雜亂的信號網之眼。

不以故事開頭，而以敘事直面讀者，同時拉開讀者與敘事者的距離，彷彿敘事者一點也不急。相同的，彷彿也期望讀者報以相同的耐性，在故事一一攤開之前，能隨著敘事的編排，在距離的變化之間，一次看見不同視角所見。

有時，迫近人物的生存情境（失去自由、無從知曉自己的處境、不明瞭主宰自己性命者的想法與意圖），進入他們幽微的心思，或展現無法言說的內心話語（語言不通、生命遭威脅）；有時，則拉開距離，直到角色成為螢幕上微小的一個點，俯視，並以宏觀方式向我們透露這些個人命運，是怎樣在歷史洪流中牽動的。

例如，接近末尾的〈返鄉記〉裡，描述自人造衛星傳來的照片，每個夜晚拍攝的朝鮮半島，相對於南半部的燈火輝煌，那「一條尺畫出的直線北邊」，一片深不見底的黑。那個誠如敘事者所言，描述北韓神秘面紗，再適合不過的，是這片漆黑。

《日人之蝕》描寫的，正是這片無止盡的漆黑，或精確而言，是書名直接明示的「蝕（éclipse）」。這個字原指天文學的日蝕、月蝕，而衍伸有「隱沒」，以及「失蹤」之意。

小說家若有揭開真相之責，那麼絕非只是將失蹤者的身影現形，描述他們被隱沒的故事。可能同樣重要的，是描述那隱沒本身，隱沒的力量是如何加諸在每個人身上，它如何抹去人的存在痕跡，如何根植在每位失蹤者的心靈中。

菲耶相當謹慎，處理這片黑暗，不是沈迷於第一層次的揭露，敘述那些原先平凡卻被捲入歷史之人所過上的難以想像的荒謬生活。他同時揭露那如何讓個人之存在隱跡的力量，密不透風的絕對鐵幕。透過角色，以相當具象的方式顯影（例如特務到西方國家出任務後，回來還需要再教育；反覆背誦「主體」的意義與意志消磨的洗腦）。

換句話說，如何同時談論那些被這片黑暗所隱沒的、如微小泡沫的平凡人生，也要處理這片黑暗的形貌。文學家面對黑暗，不會視而不見而轉向一般人可見之處，反倒會執迷去看見黑暗。試圖描述這個「蝕／失蹤」，小說家需要的恐怕不只是複眼。菲耶的眼睛像是天文學式的觀看，去觀測黑洞，與其崩解的一切時空。

是以，菲耶在致給台灣讀者的序文開頭——「您即將在這本書讀到的，都是真的，很不幸地都是真的。」——含義變得多重。但這無損於小說的虛構性。因為，關於這樣的故事，小說需要將它擅長的虛構性回歸其本質。虛構並不單指造假、憑空捏造角色與情節，而在於敘事本身只有在虛構之中，才得以成立。唯有透過虛構之眼，小說家虛構自己的眼睛，才能取得說故事的可能。

像是在本書第三部準備描述這巨大的沿海日本人失蹤案（還牽扯到一位美國大兵）是如何被發現時，所說的「電子專家與蜘蛛學者般的眼睛」。要有一雙能注意起東京空氣中充斥的各種濃縮的話語與影像的電波訊號的眼，才能抽絲剝繭，跟讀者交代如何可能從小小的破綻（綁架者的奇怪用語、北韓宣傳式電影的刻意口音），從這巨大黑洞中打撈起遺骸。

當然，菲耶展現的迷人敘事能力在開頭即展現，如新聞記者（他本身的專業）那般冷靜陳述這些看似毫不相關、只有靠著虛構的敘事方法才能聯繫的普通人的日常。

另外，更重要的，是他開宗明義地說「展開一段敘事的方法有很多種」，而這故事「就像尼羅河，起點不只一個，有無數個」。這些角色的命運，其「滅頂與生還」，是註定的。無論敘事者做了多少的「如果」也於事無補。譬如田邊直子若那天因為羽球老師扭到腳而沒上課，或是岡田節子沒有與母親繞路，她們會逃過一劫；或是〈戰勝站的女大生〉一章，以數頁篇幅令人歎為觀止地描述的「沒有發生的如果」。這些「沒有如果」，在許多的小說中應該會顯得冷血，在此卻是透露了菲耶的溫暖之處。

菲耶擅長以微小的荒謬事件去闡述人類共同處境（如《長崎》），以想像去深度剖入現實與文明（如《巴黎》）。但在這本《日人之蝕》裡，即便他關注更大的歷史與政治，他最為專注書寫的，還是個人面對其命運所做的微小卻堅定的抵抗，關於尊嚴，也關於自由。

小說的主幹，大抵上是由被綁架時只有十三歲的女學生田邊直子、二十歲的田岡節子，以及與節子「配對」、為了逃避越戰而刻意迷途滯留北韓的美國大兵吉姆所構成。以及延伸出去的女特務世珍與其愛情、額外的分支寄託心願於手稿的考古學者等。雖然敘事並不連續，時序需要讀者細心記憶，然而依序讀起，到最後的匯流，小說的巨觀與微觀並不相悖的全景展現。

然後我們明白為何菲耶選擇這樣說故事。因為如果只是集中在其中一人，或選擇一條主線陳述，我們將得不到完整的拼圖。但這其中又得要多少的冷靜才能還原。

除了菲耶搜集與消化資料的用心，以及敘事的穩定（每個人物的敘事、人稱選擇都相當恰當）外，光是他細細處理的，屬於每個角色的故事，都能令讀者猶如感同身受般，共感於這離奇的處境。

這些微小人們，在歷史的裂縫中成為異鄉人。不僅是到了異國，毫不熟悉的北韓（可說是世界上最為陌生的國家了吧？），他們更是自己時代的異鄉人。弔詭的是，他們是真正捲入了「大歷史」才失去了自己的時間之外的異鄉人。

最終，對於讀者，這本小說還有一層虛構感，在於這樣「如此真實」的故事，即使我們台灣同屬東亞，且距離並不遙遠，卻彷若另一個世界般缺乏真實感。

這是我們需要面對的。

成為故事的主角且活成故事需要勇氣，將故事說出來也需要勇氣，而讀者的認真傾聽，也需要勇氣，尤其是這樣的故事。就像小說裡，發現這一切不對勁的記者所言：

「永遠不要猶豫，把你們覺得最古怪荒謬的事寫出來。把你們的直覺已經預先感受到，但理智卻放棄的事，寫出來。」

而我們閱讀，我們記憶，也或許有一天，也說起故事。不管這些故事原來屬於誰。

Beyond

13

世界的啟迪

日人之蝕

Éclipses japonaises

作者	艾力克．菲耶（Éric Faye）
譯者	陳太乙
執行長	陳蕙慧
總編輯	張惠菁
責任編輯	張惠菁
行銷總監	陳雅雯
行銷企劃	尹子麟、余一霞
封面設計	井十二設計研究室
內頁排版	宸遠彩藝

社長	郭重興
發行人兼出版總監	曾大福
出版	衛城出版／遠足文化事業股份有限公司
發行	遠足文化事業股份有限公司
地址	23141 新北市新店區民權路 108-2 號九樓
電話	02-22181417
傳真	02-22180727
客服專線	0800-221029
法律顧問	華洋法律事務所 蘇文生律師
印刷	呈靖彩藝有限公司
初版一刷	2020 年 7 月
Printed in Taiwan	
定價	350 元

ACRO POLIS

衛城出版

Email acropolismde@gmail.com

Facebook www.facebook.com/acrolispublish

國家圖書館出版品預行編目(CIP)資料

日人之蝕 / 艾力克.菲耶(Eric Faye)著；陳太乙譯. -- 初版. -- 新北市：衛城出版：遠足文化發行, 2020.07
面；公分. --（Beyond；13世界的啟迪）
譯自：Éclipses japonaises

ISBN 978-986-98890-5-6(（平裝）

876.57　　　109004653

● 親愛的讀者你好，非常感謝你購買衛城出版品。
我們非常需要你的意見，請於回函中告訴我們你對此書的意見，
我們會針對你的意見加強改進。

若不方便郵寄回函，歡迎傳真回函給我們。傳真電話 —— 02-2218-0727

或上網搜尋「衛城出版FACEBOOK」
http://www.facebook.com/acropolispublish

● 讀者資料

你的性別是 □ 男性 □ 女性 □ 其他

你的職業是 ______________ 你的最高學歷是 ______________

年齡 □ 20歲以下 □ 21-30歲 □ 31-40歲 □ 41-50歲 □ 51-60歲 □ 61歲以上

若你願意留下 e-mail，我們將優先寄送 ______________ 衛城出版相關活動訊息與優惠活動

● 購書資料

● 請問你是從哪裡得知本書出版訊息？（可複選）
□ 實體書店 □ 網路書店 □ 報紙 □ 電視 □ 網路 □ 廣播 □ 雜誌 □ 朋友介紹
□ 參加講座活動 □ 其他 ______

● 是在哪裡購買的呢？（單選）
□ 實體連鎖書店 □ 網路書店 □ 獨立書店 □ 傳統書店 □ 團購 □ 其他 ______

● 讓你燃起購買慾的主要原因是？（可複選）
□ 對此類主題感興趣 □ 參加講座後，覺得好像不賴
□ 覺得書籍設計好美，看起來好有質感！ □ 價格優惠吸引我
□ 議題好熱，好像很多人都在看，我也想知道裡面在寫什麼 □ 其實我沒有買書啦！這是送（借）的
□ 其他 ______

● 如果你覺得這本書還不錯，那它的優點是？（可複選）
□ 內容主題具參考價值 □ 文筆流暢 □ 書籍整體設計優美 □ 價格實在 □ 其他 ______

● 如果你覺得這本書讓你好失望，請務必告訴我們它的缺點（可複選）
□ 內容與想像中不符 □ 文筆不流暢 □ 印刷品質差 □ 版面設計影響閱讀 □ 價格偏高 □ 其他 ______

● 大都經由哪些管道得到書籍出版訊息？（可複選）
□ 實體書店 □ 網路書店 □ 報紙 □ 電視 □ 網路 □ 廣播 □ 親友介紹 □ 圖書館 □ 其他 ______

● 習慣購書的地方是？（可複選）
□ 實體連鎖書店 □ 網路書店 □ 獨立書店 □ 傳統書店 □ 學校團購 □ 其他 ______

● 如果你發現書中錯字或是內文有任何需要改進之處，請不吝給我們指教，我們將於再版時更正錯誤

廣	告	回	信
臺灣北區郵政管理局登記證			
第 14437 號			

請直接投郵•郵資由本公司支付

23141
新北市新店區民權路108-2號9樓

衛城出版 收

請沿虛線剪下

● 請沿虛線對折裝訂後寄回，謝謝！

ACRO POLIS 衛城出版

Beyond

13

世界的啟迪